徳間文庫

きみと暮らせば

八木沢里志

徳間書店

目次

その一　猫と兄妹

相田《あいだ》家の庭に、その闖入者《ちんにゅうしゃ》がはじめて姿を見せたのは、春先のとある午後だった。朝から綿菓子のような雲がぽかりと空に浮かぶ気持ちの良い日曜で、桜が咲き始めた時期でもあったから、ふらりと花見にでも出かけたくなる晴天だった。

はじめに気がついたのは、妹のユカリだった。洗濯物を取り込みに庭に出ると、なにやらまん丸い物体が、ドウダンツツジの木のそばにうずくまっていた。

「あ、猫」

牛のような白黒模様の、頭の部分が八の字模様になっている、いわゆるハチワレ柄と呼ばれる猫だった。

猫は人に慣れているのか、ユカリの姿を認めても顔をあげるだけで逃げる素振りを見せなかった。鈴の形をした真っ白い花が咲き誇る横で、暖かな陽射しを背中にめいっぱい浴び、気持ちよさそうに目を細めている。器用《きよう》に折りたたんだ前脚が、おなかの下にきちんと収納されていた。

「ねえ」

ユカリは縁側から茶の間に向かって呼びかけた。

「兄さん、ちょっと」

畳の上で死んだ虫のようにひっくり返ってテレビを見ていた兄の陽一《よういち》は、

「んあ?」

と呻《うめ》きながら、いかにも面倒くさそうに顔をあげた。ちょうど、テレビでは刑事モノのドラマの再放送がはじまったところだった。傍《かたわ》らには、ビールとつまみの代わりにジンジャーエールと素焼きアーモンドが置いてある。それは、酒がほとんど飲めない陽一にとっての、週末のささやかな楽しみだった。

陽一とユカリは、十一歳年の離れた兄妹だ。血はつながっていない。十年ほど前、陽一の母とユカリの父が再婚し、家族になった。そうして小さな木造一軒家を中古で購入し、つつましく暮らしていたが、五年前に両親が他界した。陽一は地元の医療品メーカーに勤める二十五歳、ユカリは中学三年生。陽一はぼんやり者で、ユカリはしっかり者と性格も正反対、容姿もちっとも似ていないが、それなりにうまくやっている。

相田家が建つ周辺は、相田家とおっつかっつの古い家屋が並ぶ閑静《かんせい》な住宅街だ。近所の人々は、二人が並んで歩いているのを見ると、「仲良し兄妹」と微笑《ほほえ》ましく噂する。陽一もユカリもそう言われるたび、背中のあたりがむずむずしてしまうので、やめてほしいと内心、思っている。

「で、なに？」

陽一が、テレビから目を離さずに尋ねる。

「いいからちょっと」

さっさと来いとユカリが手招きするが、陽一は頑《がん》として動こうとしない。

「ヤだよ」

「なんで？」

「テレビ見てる」

「そんなしょうもないドラマ、見てもしょうがないよ」

「しょうもないかどうかはオレが決めるの。そっちこそ何の用だよ」

「ドラマよりも面白いものが見れるよ」

「ウソくせえなあ」

それでも陽一は妹の言葉にころりと騙《だま》されて、立ち上がった。チョロイな、とユカリがほくそ笑んでいるのも知らずに。ひょろりと背の高い陽一は、鴨居《かもい》に頭をぶつけて、「イテッ」と忌々《いまいま》しげに言った。いつになっても学習しない。しばらくサッシをガタガタやって、やっとガラス戸を開けて、また開けるのが面倒なのでそのままにして庭におりる。築五十年になる相田家は、もうあちこちガタがきている。

「なにごとだよ、まったく。コロボックルでも見つけたか?」

「ほら、そこ。そっとね、驚かせないでよ」

陽一はサンダルをつっかけて庭の端まで行って、茂みの方に目をやる。

「おい、ユカリ」

「見えた?」

「猫がいるけど。面白いことはどこよ?」

「まさにその猫だよ」

「別に面白くないじゃん」

「私には、面白い」

ユカリが満足げに言うと、

「えー、猫のためにオレのこと呼んだの? 人がたまの日曜にくつろいでテレビ見てたのに?」

陽一はぶうすか言いながらユカリのところまで戻ってきて、手にこっそり握っていたアーモンドを口に放って、忌々しげに噛み砕いた。

「兄さんは、猫嫌い？」

「ふ・つ・う」

「私は好きだよ」

「別に訊《き》いてねえし」

相田家の庭は、手入れが行き届いていないせいで、少し荒れている。雑草が伸び放題になり、黒い柵は錆《さ》びて赤茶けている。季節はずれのキンカンが小ぶりの実をつけ、ユキヤナギや山茶花《さざんか》が好き勝手に咲いている。あたりを羽虫が飛び回っている。ユカリ一人の手には余ったし、かといって陽一はまるっきり無関心で、ちっとも役に立たなかった。

猫はやはり逃げようとしなかった。レモン色の瞳の中で黒目を細く見開いて、二メートル先で肩を並べる兄妹を、じーっと見つめていた。

「野良猫だよね。おなか、空いてるんじゃないかなぁ」

「どっかの飼い猫だろ。飢えてるようには見えんもん」

「でも首輪してないよ」

「首輪？」

「ほら、ちゃんと見て」

陽一の袖口を、ユカリがぐいっと引っ張る。

「こら、やめろよ、伸びるだろ」

だけどそんな抗議も不要なほど、すでにシャツはくたくただった。

「あー……」

たしかに猫のずんぐりした首には、それらしいものはなかった。

「まあ、してないね」

「でしょ?」

「まあ、しないで飼う人もけっこういるんじゃない?」

「そういうもん?」

「猫っつうのは首輪されるのが好きじゃないからなあ」

陽一がアーモンドをバリバリ嚙み砕きながら適当に言っても、

「そうかなー」

とユカリは納得いかなそうに肩をすぼめた。野良猫でないのが、いかにも残念そうな声だった。

「あんなフクフクした野良猫がいると思うか?　どっちにしたって、放っておきゃ出てくさ。まあ、ションベンとウンコだけはされたらたまらんなあ。奴らのはガチでクサイぞ」

　馬鹿でかいあくびを放って家に引っ込もうとしたが、細い腕をぐいっと力いっぱい引っ張られ、阻止された。代わりにユカリが家に一度引っ込んで、食パンを手にして再び庭に出てきた。ビー玉くらいに小さくちぎって丸めて、狭い庭に放ってみる。猫は放物線を描いて土の上に落ちるパンをじっと目で追っていたが、まるで興味を示さなかった。「フンッ」と鼻を鳴らしたようにさえ、兄妹には見えた。

「食べないね」

「いま、こいつ、フンッて呆《あき》れなかったか？」

「うん」

　とユカリはうなずいた。

「人んちの庭でいい気なもんだな」

「おなか減ってると思ったのになあ」

「これって不法侵入だよなあ」

「ムクムクで、かわいいねえ」

　兄妹が微妙にかみ合わない会話を交わしていると、ぽかぽか陽気の中で猫が口を大きく開け、くあっとあくびをした。ユカリがクスッと小さく微笑んだ。

「なんか似てるね」

「なにが」

ユカリが、陽一と猫を無言で交互に指差す。

「どこが？」

「ふてぶてしい感じ？」

「えぇー……」

不服そうに唸《うな》って、陽一はアーモンドを奥歯で噛み砕いた。ユカリは猫を見ながら、いつまでもうれしそうに笑っていた。

夕方になり、ユカリが晩ごはんの準備にとりかかるころには、猫はどこかへ行ってしまった。夕飯はさわらの西京漬けと、きりぼし大根、ほうれん草のおひたしで、料理をしているあいだ、陽一は風呂掃除をした。相変わらず、大声でなにやら歌をうたっているのが、台所のユカリのところまで聞こえてきた。調子っぱずれだった。風呂掃除を終え、陽一はユカリに頼まれて味噌汁をつくった。

茶の間のちゃぶ台に出来上がったものを二人して手際よく並べ、「いただきます」と手を合わせる。ちょうど「サザエさん」のエンディング曲がテレビでは流れていて、陽一は、「ああ、日曜日が終わってしまう」と悲しみ、ユカリが「それ、毎週言うよね」と呆れた。

ユカリがきりぼし大根をもぐもぐやりながら、

「猫、また来るかなあ」

とつぶやく。

「さあねえ。猫だしねえ」

陽一が味噌汁を箸でかきまぜながら、適当に返事する。

さわらの西京漬けはやわらかく、ちょうどよい焼き加減だった。けれど兄がつくった味噌汁は、煮立てすぎたせいで少し辛かった。

＊

そんなことがあったことなど、陽一は月曜の朝にはすっかり忘れていた。陽一は寝ると、大抵のことは忘れてしまうタイプだった。なにしろ昨夜食べたものさえ、翌日にはすぐに思い出せないような男である。

しかしユカリは、一度気にとめたことは、いつまでだってしつこく覚えているタイプだった。なにしろ二年前、自分の誕生日を陽一が忘れていたことを、いまだに根に持っているような性格なのである。

ユカリは学校が終わると、近所のスーパー〈ロッキー・マート〉によって、二人分の食料と一緒に猫用のおやつを買うことにした。毎週月曜は〈ロッキー・マート〉のポイント二倍お得デーなので、買い出しの日と決めている。ユカリは、「お得」という言葉に、この数年ですっかり敏感になっていた。本人としては、あまり好ましくない変化だった。

（うーん、どっちかな）

ペット用品売り場でカツオ味とマグロ味でしばし迷って、けっきょくマグロ味を選んだ。すると、ずいぶん前に食べたマグロの味が舌に強烈に思い出され、たまらなくなった。ダメだ、ダメだと自分に言い聞かせながら、しばらく店内を大量の食料品がつまった買い物カゴを手にさまよったが、

「いいや、夕飯は奮発《ふんぱつ》して刺身にしちゃえ」

と、とうとう誘惑に屈し、鮮魚コーナーに吸い寄せられた。それでも一パック九百八十円の値が付いた刺身をカゴに入れるのはなかなか勇気が必要で、目をつむり、心の中で「えいやっ」と叫んだ。

「今日はお刺身？　いいわねえ」

レジでカゴを出すと、パートのおばさんににこやかに話しかけられ、ユカリは少し顔を赤らめて、あはは、と曖昧《あいまい》に笑った。スーパーのレジ打ちのおばさんたちとは、すっかり顔なじみだ。がっつり食料品を買い込んでいく制服姿の女子中学生はそういないから、や

はり目立つらしい。

両手に破裂しそうに膨らんだレジ袋をぶら下げ、ようやく家にたどり着いたころには、日が暮れかけていた。

「あら、ユカリちゃん。お帰りなさぁい」

レジ袋を下げたまま、郵便受けをのぞいていると、後ろからやたらと明るい声が飛んできた。隣に住んでいる増井《ますい》さんの奥さんだ。相田家の玄関と増井家の裏庭は柵を隔《へだ》てて並んでいるので、奥さんが庭いじりをしていると必ず鉢合わせる。そして増井家の奥さんは、いつだって庭いじりをしていた。

「こんにちは」

増井さんに向かって、ペコリと頭を下げた。ああ、刺身が悪くならないうちに冷蔵庫に入れてしまいたかったのに。

「あら、買い物してきたの？」

ユカリがうなずくと、増井さんはユカリの腕に下がった二つの買い物袋を見て、顔をしかめた。そんな細腕で、重い袋を持って大変でしょう、と心配そうに言う。

ユカリは中学生にしては長身で、小顔で線も細い。いまどきの若者らしく、手足が長い。運動部などにも入っていないため、肌は透けるように白い。増井の奥さんなどはユカリを見ては、「お人形さんみたい」とため息をつく。だけど本人は、そう言われるたびに、ぜんぜんそんなんじゃない、と戸惑ってしまう。どちらかといえば、少年のように凹凸のない体型を、コンプレックスに思っているくらいだ。

しかしその外見に、年不相応な落ち着いた物言いが手伝って、ユカリは誤解を受けることが多い。つまり、イケてる女子と思われやすい。中学では入学当初から、華やかな女子グループの目にとまり、気が付いたら彼女たちの一員になっていた。でも外見とは裏腹に質素好き、人気の読者モデルの名前もわからず、おまけに家の手伝いがあるからと誘いを何度も断っていたら、自然と距離を置かれるようになってしまった。別のもっと大人しめのグループに入ろうにも、すでに確立されてしまった輪にいまさら溶け込むのもむずかしい。だんだん愛想笑いをするのも面倒になり、二年の夏ごろからというもの、休み時間も一人で過ごすことが多くなった。学校はユカリにとって、ひどく息苦しい場所だ。

「買い物なんて声かけてくれれば、一緒に車乗せて行ってあげるのに」

増井さんは親しげに言ってくれるが、ユカリはきっぱりとした声で断った。

「このくらい平気です」

「そーお?」

「はい」

「でもねえ」

「私の役目ですから」

ユカリはもう一度、きっぱり言った。

「自分の役目は自分でこなしたいんです。そうじゃないと、落ち着かなくて」

兄が外に働きに出て、自分が家事をする。そういうルールのもとで、いま、自分たちは生きている。車に乗せていってもらうくらい大したことじゃないともわかっているが、一度甘えるとズルズルいきそうな気がして、イヤだった。奥さんは「べつに毎回乗せてってあげるわよお」と言ってくれるが、自分でできることは自分でやりたかった。ルールというのは、言い換えるなら生活の基盤だ。それを守るのは、ユカリにとってなにより大事なことだった。

「相変わらず頑固ねえ」

増井さんが呆れると、ユカリは、

「いつもお気遣い、ありがとうございます」

と努めて礼儀正しく答える。ご近所付き合いが欠かせないものだと、十分承知している。

「ほかになにか困ったことあったら、いつでも言ってね。お兄さんと二人だけだとなにかと大変でしょ？」

増井さんは親切にもそう言ってくれる。だけどその声には、どこか面白がっている気配がある。血のつながらない年の離れた兄妹の暮らしが、なぜか彼女の興味をとても引くらしいのだ。とはいえ面白がられるような生活はまったくしていないので、どうしたものかちょっと対応に困る。

ようやく家の中に入り、買い物袋の中身を整理し終えると、夕飯の準備に取りかかった。米を研ぎ、炊飯器にセットして、義母のサチコさんが遺したレシピ帖を参考に筑前煮をつくる。

薄暗い台所に立ち、料理をしているあいだ、いつものようにラジオを聴いた。ラジオは顔の見えないところで、一方的に語りかけてくれるのがいい。ラジオは茶だんすの上の、女の子の形をしたマトリョーシカ人形の中に入っている。工作が趣味だった父が、お土産でもらった人形の中に、基板からお手製で作り上げたラジオを仕込んだのだ。

今日のリスナー募集コーナーのお題は、〈あなたが幸せを感じるとき〉だった。

聞き慣れたディスクジョッキーのハスキーな声が、番組に寄せられた人々の〈幸せ〉を順に紹介していく。

若い人向けの番組だからか、紹介される便りも若者のものが多い。

〈ぼくはやっぱり仕事のあとの一杯が最高ですね。むしろこの一杯のために仕事してると

言ってもいいくらい〉

〈やっぱり大好きなダーリンとの時間。三か月前、失恋して落ち込んでいた私を励ましてくれたのが、いま付き合ってるカレ。いまが最高に幸せ！〉

〈夫婦生活、三年。ようやく赤ちゃんを授《さず》かり、夫とともに幸せをかみしめています〉

〈そりゃあやっぱり人気のお店のスイーツを食べてるとき！　二時間くらいなら余裕で待ちますとも！〉

〈バンドマンなんで、やっぱライブのときっすかねえ。いつか日本中に俺たちの音楽を鳴り響かせてやります。カモン、ロックンロール！〉

へぇ、世の中、いろんな種類の幸せがあるんだな。

ユカリは、醤油の煮詰まる甘い香りに包まれながら、ラジオに耳を傾ける。どれもどこかで聞いたような、そしてユカリからすればちっともピンとこないものばかりだったが、その人にとっては間違いなく大切な〈幸せ〉だった。鍋の中でこんにゃくやタケノコに味がしみこんでいくのと一緒に、ユカリの胸にも彼らの幸せが静かにしみこんでくるようだった。

　やがてリスナーからのリクエスト曲が流れ出した。いままで聴いたこともない外国の歌だ。ロマンチックなピアノの伴奏に続いて、しっとりとした男の声が英語で静かにバラードを歌い上げる。

　私が幸せを感じるときって、いつだろうな。ふと、自分の生活を振り返る。そんな風に、考えてみたのははじめてのことだった。

「幸せだ！」

　と自信を持って言い切れるようなシーンは、すぐには頭に浮かばなかった。学校はひどく窮屈だし、家に帰っても、陽一が帰宅するまでずっと一人だ。毎日が、少しずつ季節を変えながらも、実に淡々と過ぎていく。幸せ……、そうだな、単純だけど、日曜の朝、朝寝坊してぐずぐずと布団に入っているときかな。それか、塩大福を頬張っているときか。

「兄さんは、どうなのかな？」

　ふいに、そんな疑問が浮かんで声に出してみる。

　陽一は一浪の末、そこそこ名の知れた大学に受かり、学校に通うために都内でひとり暮らしをしていた。かわいらしい彼女もでき、学生生活を謳歌《おうか》しているらしく、バイトや課題が忙しいと実家には正月にしか帰ってこなかった。サチコさん――というのは義母の名前だ――はフラフラしてばっかりで、といつも気をもんでいた。

「まあ、人様に迷惑かけてないんならいいんだけどねえ。でもあの子、ヌボーッとしてるから、すぐに彼女にフラれそう」

根っから明るいサチコさんは、おそろしい予言をしながら笑っていた。

「ヨウくん、東京で若い女の子とヨロシクやってんのかあ。いいなあ」

父はそう言って、「ユカリの前でバカなこと言わない！」と、サチコさんに叱《しか》られていた。

いま思い出しても、仲睦まじい夫婦だった。いろいろ寄り道はしたけれど、やっと出会えた二人という感じだった。しかし父とサチコさんは、隣町の大型スーパーに車で出かけた帰りに、午後から降り出した雪にタイヤをとられ、ガードレールに突っ込んで死んでしまった。誰が悪いわけでもない、不運としか呼べない、事故。

すると陽一は葬儀のあと、誰にも相談もなく大学を中退し、実家に戻ってきた。恋人ともあっさり別れて、というか、地元に戻ると告げたら、一方的にフラれてしまったらしい。兄はこっちで就職口を見つけ、現在、二人の生活はその収入によって支えられている。両親の事故による保険金も多少は入ったが、それは「もしものときのため」にしよう、と決めていた。

あのとき、兄はどんな気持ちで自分と暮らす決意をしたのだろうか。自分の処遇《しょぐう》をめぐって、陽一と親戚は、もめにもめた。ユカリには物心ついたときから、母というものはいなかった。ユカリが赤ん坊のときに父と別れたそうで、どんな人かも知らなかった。そのあたりの事情はほとんど知らない。ひとつはっきりしているのは、ユカリにはほかに身寄りがないということだった。

狭い茶の間にたくさん人が集まって、息苦しかったのを覚えている。石油ストーブが、部屋の隅でちりちりと赤く燃えていた。当の本人であるユカリには目もとめず、深刻な顔で話し合う親戚たち。陽一だけがユカリのそばから絶対に離れようとしなかった。

「ユカリの面倒はオレが見る」

そう言った。

「オレたち、兄妹だから。家族だから」

集まった大人たちに何を言われても、陽一は正座の姿勢を一切崩さず、ひたすら同じ言葉を繰り返した。それこそが、自分たちをつなぎとめる唯一の絆だと、言うように。いつもなにを考えているかわからない、お気楽でヌボーッとしている義兄が、そのときはとてつもなく頼もしく思えた。気が付いたら、ユカリも口を真一文字に引き結んで、隣に座る陽一の服の裾《すそ》をぎゅっときつく握りしめていた。

「ユカリ、おまえもそれでいいか?」

と陽一が話しかけてきた。そっと胸の内側に触れてくるような、やさしい声だった。

「うん」

その瞬間、ユカリは当たり前のようにうなずいていた。どうしてあんなに自然に兄の言葉を受け入れられたのだろう、とあとになってから、不思議に思うくらいに。

（兄にとっての、幸せってなんだろう）

考えても、わかるはずもなかった。私と暮らす道を選んだことを、いまの地元での生活を、後悔したりすることがあるんだろうか。私をお荷物だと思ったりすることもあるのだろうか。

（そうだったら悲しいし、辛いなあ）

そんなことを思いつつ、ふと窓の外に目をやると、昨日の猫がいままさに相田家の柵を乗り越えて庭に着地したところだった。

ユカリはコンロの火を止めて、おやつの小袋を引っつかむと、頭を悩ましていたことなど全部忘れて、庭に飛んでいった。

「おいでおいで」

サンダルでそっと庭におり、手のひらに五粒ほどおやつをのせて近づくと、猫はおっかなびっくり近寄ってきた。そして鼻をひくひくさせて匂いを確認したあとで、おもむろに手から食べ始めた。食パンには見向きもしなかったのが、ウソのようだ。それどころか、もっとよこせと言うように、

「ミャー」

と小声で鳴いた。

「ずいぶん意地汚いなあ」

と苦笑しつつ、様子を窺《うかが》いながらそっとその頭に手をのせるのを、猫は黙って受け入れてくれた。羽毛のようなやわらかさに、ユカリは思わずはっと息を飲んだ。もっと小さいころに近所の野良猫を触った記憶はあるが、その感触までは覚えていなかった。こんなにフッカフカで、温かいんだ、と驚いてしまう。

やがて猫は、「もうメシがないなら用もないワイ」と言いたげにくるりと背中を向け、塀を飛び越えようとジャンプした。が、思ったほど飛距離が出なかったのか、失敗して、無様に庭に落ちた。しばらくじっとこちらを見つめたのち、「いまのナシね」という感じで再び飛び上がった。そして塀の上でもがくように後ろ脚をさんざんバタバタさせてから、どうにか向こう側に乗り越えた。

じっと見守っていたユカリは一連のすったもんだを目にして、

「ダサ〜」

と、思わずつぶやいてしまった。

夜になり、食卓に並んだマグロの刺身を見ると、仕事から帰ってきた陽一はニヤリと不敵に笑った。スーツ姿のままで、小躍りさえして見せた。

「なにそれ」

とユカリが呆れて尋ねると、

「幸せの舞」

とわけのわからないことを言った。

ユカリが猫の感触がどれだけやわらかかったか報告しようと、

「ねえ、聞いてよ」

と何度話しかけても、刺身を食べるのに夢中で、

「刺身、超うまい」

ほかに言葉を知らない様子で、何度も繰り返した。

「ねえ、聞いてってば」

「あー、幸せ」

「あのね、猫がね」

「トロけるね、トロだけに」

「あー、もう、話になんない……」

肩透かしを食らった気分だ。なんだ、こんなんでいいのか。何と安上がりな幸せだろう。それでも、こんな些細なことで幸せを感じてくれるなら、それはそれでやっぱりうれしくもあった。自分が手間ひまかけてつくる料理より、買ってきた刺身に喜ぶのには、少し納得がいかなかったけども。

食事が終わると、陽一は「ふわ〜」と茶の間で大の字になって、いつものようにうたた寝をはじめた。そのまま夢遊病者のように、ちゃぶ台に置きっぱなしだった猫のおやつが入っている小袋に手を伸ばす。いつもは、そこにアーモンドが置いてあるのだ。しかしその日、ユカリは猫のことばかり考えていたせいで、陽一が食後の楽しみにしているアーモンドを〈ロッキー・マート〉で買ってくるのを不覚にも忘れていた。

「違う、それ、違うから！」

制止も聞かず、半分眠っている兄はビリビリと袋を開けて、何粒かを口に放り込んでしまった。いまさらどうにもならず、ユカリは固唾《かたず》を飲んで見守った。やがて、陽一は目をカッと大きく見開いた。

「な、な……」

「え？」

ユカリが聞き返す。

「な、なんじゃこりゃあ！」

陽一は絶叫しながら、洗面所へと駆けていった。こいつの面倒はオレが見る、と宣言したときの、あのカッコイイ兄とは完全に別人だった。しかし、これでこそ兄である。ユカリはその後ろ姿を見ながら、申し訳ないと思いつつも、その日一番大きな声で笑った。

＊

日を重ねるほど、ユカリは猫のことを気に入った。少し間抜けでトロいところが、愛らしくてたまらない。ずっと見ていると、たまに本気で食べたくなってしまうほどのかわいらしさだった。

猫は、ユカリが食べ物を持って庭に出ると、待ってましたといわんばかりに、太い尻尾をぴんと真上に立てて駆け寄ってくるようになった。甘えているとき、そうやって尻尾を立てて肛門を見せてくるらしい。お母さん猫におしりをきれいに舐《な》めてもらうための習性なのだそうだ。陽一のスマホで調べて知った。だが、そのたびに、ぶらんと垂れ下がった大きなタマタマがよく見えるので、思春期まっさかりの娘としてはなんとなくバツの悪い気持ちになる。

猫のハチワレ模様は、よくよく見ると、少し不揃いだった。顔の左側のほうが黒い毛の割合が多い。失敗してしまったパッチワークのようで、それもまたなんとも間抜けだった。みんながみんな、雑誌の表紙やテレビの猫のように美しく均整がとれているというわけではないのだ。ユカリは、その猫を見ていると、なぜかとてもほっとした。

「どれ、ここがいいか？　ん？　ここなのか」

お代官様のような口ぶりで言って、しっぽのあたりをごしごし乱暴に撫でてやると、気持ちよさそうに目を細めて、グルルと鳴いた。

（一体こいつはどこから来たんだろう？）

どこかの家で飼われていたのが迷ってしまっておうちに帰れなくなってしまったのだろうか。あるいは、あんまりよい飼い主ではなかったから、逃げ出したとか。なんにせよ、もうこの猫を他人とは、いや、他猫とは、思えなくなってしまった。

「うちの子になる？」

尋ねても、猫はフンとそっぽを向いて、目も合わせようとしない。

この子はきっと、私たちに小さな幸せを運ぶ使者なんだ。だから、うちの庭に現れたんだ。ふと、そう思った。ハチワレが不揃いで間抜けなのも、相田家にふさわしい気がする。私たち、二人と一匹で、きっと肩寄せあってうまくやっていける。

ユカリは、学校から帰ってきて、陽一を待ちながらこの古くて生活感にあふれた木造家屋にひとり過ごしていると、ときどきたまらない気持ちになることがあった。家の中がしーんと静まって、潮が満ちるようにひたひたと孤独感が胸に迫ってくる。そういうときは、ラジオを聴いてもまるで頭に入ってこない。鼓膜《こまく》の奥のほうで、冷蔵庫のモーター音が唸っているような気がする。兄までが父とサチコさんのように事故に遭遇して死んでしまって、おばあさんになってもこの家に一人わびしく暮らしている自分の姿を想像してしまう。

（でも、この子がいれば、怖がる必要はない）

ふいに、そんな気がして、気持ちが明るくなった。

よし、兄が帰ってきたら、相談してみよう、とユカリはウキウキした気持ちになった。

いつもより時間をかけて夕飯の準備をし、陽一の好物であるひき肉入りの卵焼きも明日の弁当に詰められるようにと多めにつくって、帰りを待った。

結局その日は陽一が残業で遅く、話は翌朝に持ち越されることになった。それで朝食の席で張り切って、「あの猫飼わない？」とようやく切り出したのだが、

「猫って、あのうちの庭にいた牛みたいな奴のこと？　えー、本気で？」

と納豆をかきまわすのに夢中で、顔を上げもしない。

「いいじゃない」

と、ユカリは前のめりになって、陽一の顔をのぞき込んだ。

「あの子はきっとうちの守り神になってくれるよ。幸せを運ぶ子だよ」

「は？　なんの話よ？」

ユカリにはもうそうとしか思えなくても、事情のわからない陽一は当然、困惑した。朝っぱらからどうしちゃった、という顔だった。

「なんか、そんな気がしたんだよ」

ユカリは口ごもり、ぼそぼそ言った。

「急にどうした、熱でもあんのか？」

真顔でびっくりされて、ユカリは急に自分が考えていたことが恥ずかしくなってしまい、顔を赤らめた。

「いや、まあ、じゃあ、それはいいや……。でもあの子、とってもかわいいでしょ」

気を取り直し、機嫌をうかがいながら言う。

「そうかぁ？　なんかふてぶてしいしなあ。誰かさんに似てるって噂もあるしなあ」

このあいだ、庭でユカリに似てると言われたのを、何気に根に持っているらしい。そういうつまらないことだけは、よく覚えている。

「あの子には温かいご飯と、守ってくれる人が必要なんだよ」

「そーかねえ」

「誰かが通報して、保健所にでも連れて行かれて、取り返しのつかないことになったらどうするの」

「いままでちゃんと生き抜いて来たんだし、大丈夫だろ」

だいたいさあ、と陽一は納豆を、ほかほかと湯気を立てるごはんにこんもりとかけ、糸を切ろうと箸をぐるぐるさせた。

「俺たちが飼うって決めても、あいつが『はい、ではお世話になります』って納得するわけじゃないだろ」

今日からお世話になりますね。そう言って、風呂敷を担いだ猫がうちにやって来る姿を想像して、ユカリは胸がきゅんとした。が、陽一は無視して続ける。

「かといって、犬みたいにリードでつないでおくのも無理だしな。猫っつうのは基本きまぐれで、自由を愛する生き物なんだよ」

あと覚えておけ、と陽一は目を鋭くさせた。

「ヤツらは恩知らずだ」

なんだ、それ。ユカリは、自分より先に出なければならない兄の目玉焼きに醤油をたらしてやりつつ、その物言いに違和感を覚えて、

「あれ？」

と首をかしげた。

「ひょっとして猫、飼ってたことある？」

「うん」

「あるんだ？」

「そりゃあ、あるよ」

なにをいまさらという声だった。

「話さなかったっけ？」

ユカリが首を横に振る。

「中一までオレとおふくろ、山梨のばあちゃんちに住んでたんだけど、そこで飼ってたんだよ。メスの白猫。飼ってたっていうか、勝手に住み着いてたっていうか。ばあちゃんち、裏が森みたいな雑木林で、メシの時間にそっちに向かって名前を叫ぶとひょっこり出てきて、夜は家のそいつ専用クッションに寝るんだよ」

「おばあちゃんちで暮らしてたの？　田舎で？」

思わず目が真ん丸になる。

「うん？　そうだけど」

「そんな話、知らなかった」

「まあ、まだ赤の他人だったからなあ。てか、ユカリはまだこの世に存在すらしてないんじゃないか」

「あー、そうかもね」

「毛も生えてないどころか、まだ存在もしてないとか、なんかウケるな」

「ウケないよ。てか、キモい」

とにかくそういう時期があったわけだよ、と陽一が続ける。

「親父、ってあれな、オレのほんとの父親のほうな、親父とおふくろが離婚して、で、ばあちゃんちにしばらく厄介になってたんだよ。けっこう前に、ばあちゃんも老人ホーム入ったし、その家はもうないけどね」

「そーなの」

ユカリはなんと言っていいのかわからず、気の抜けた声を出した。

おばあさんの家で暮らしていたまだ小さい兄の姿を思い描こうとしてみたが、うまくいかなかった。なにしろユカリが知っている陽一は、一番小さいときで中学生だ。よく考えてみれば、あのとき父に連れられて隣町の洋食屋ではじめて会ったときの兄は、いまの自分と同い年だ。それはなんだか、とても不思議なことに思えた。といっても、それも小さかったユカリの記憶ではおぼろだが。ただ、注文したお子様ランチのオムライスの上に旗が立っていて、それがうれしかったことだけは妙にはっきり覚えている。あの洋食店は、まだ営業しているだろうか。あれ以来、一度も訪ねたことがない。

そんなことをぼんやり考えていると、

「なに人のこと、じろじろ見てんの？」

と不審がられてしまった。

「別になんでも」

「なんだよ、気味ワリイ」

「ただ、兄さんも昔、子どもだったんだなって思っただけ」

ユカリが言うと、陽一は憮然とした。

「年寄りに言うみたいな言い方、やめてくんね？　オレ、まだ二十六よ」

「いや、兄さん、まだ二十五だから。自分の年、忘れないでよ」

「あ、そうだった」

ユカリは、まったくと呆れてから、話がまたも逸れてしまったので軌道修正した。

「名前はなんていうの？」

おばあさんと暮らしていたころに飼っていたという猫の名前を、尋ねてみた。

「ん？　節子《せっこ》だよ」

「猫に節子？　ずいぶんとまた古風な」

「いやいや、ばあちゃんに決まってるだろ。なんで猫の話になるんだよ」

陽一が呆れて言った。

「じゃあ、猫ちゃんはなんて名前だったの？」

文句を言いたいのをぐっとこらえ、あらためて聞くと、陽一は好きな女の子の名前を打ち明ける小学生みたいに、急にはにかんだ。

「ミーヤ」

どうやらかわいい名前すぎて、猫の名前を口にするのが恥ずかしかったらしい。陽一が照れるポイントが、ユカリにはいまだに理解できない。こうして一緒に暮らしていても、そういうことは、いまだにたくさんある。

「あっ！　じゃ遅れるからオレ、行くわ」

陽一は茶の間の柱時計を見ると、卵焼きの入った弁当箱を鞄につめ、仕事に行ってしまった。

話はそれでうやむやに終わってしまったかに思われた。

ところがその日の夜、いつもより早く家に帰ってきた陽一は、

「なあ、おい」

と、玄関を上がるなり大発見をしたように、なぜか得意げだった。

「なに、どしたの？」

「今日、浦上《うらかみ》くんと外回りに午後から出てたときのことなんだけどさ」

浦上くんとは、陽一が可愛がっている会社の後輩である。ユカリも一度だけ会ったことがあるが、全体的にまるいクマのプーさんを思わせる人だった。とにかく、その浦上くんと営業先に向かって街中を歩いていたのだそうだ。

「そんとき急に、はっと気づいたわけ」

「だからなににによ？」

「あの猫、種田《たねだ》さんとこの猫じゃないか？」

「種田さん？」

「そう」

「誰、それ？」

ユカリは首をかしげた。

「あれ、知らない？　朝、駅に行く途中にある家だよ。そこんち、いつも窓辺に猫が座っ

て、じーっと外見てたんだ。でもここんとこ、見かけなくてさぁ。で、よくよく思い出すと、うちに来てたあの猫にそっくりだったなあって。あんな牛柄の猫だったもん、たしか」

　その家が種田家なのだという。立派なお宅なので、なんとなく表札で見て、名前を憶えていたのだそうだ。

　しかしユカリは、

「ウソォ？」

　いきなりそんな話になって大いに戸惑った。

「種田さんとこで飼われていたのに、迷ったかなんかして、このあたりからずっと帰れないでいるんじゃないか？」

　いきなり明らかになった猫の正体。陽一は話しながら勝手にヒートアップしてきて、

「うん、絶対そうだ」と種田さんちの猫に間違いないといまや確信しているようだった。

「オレの洞察力もなかなかだな」

　陽一は機嫌よく言って、「今日は仕事中もずっとおまえに言いたくて、うずうずしてたんだよ」と一人すっきりした顔で、脱いだ靴下をぽいと廊下に放った。何度注意しても、一向に直らない。普段ならブチ切れるところだが、いまはそれどころではない。

「ねえ、ほんとに種田さんとこの子、あの子だった？」

「ああ。はじめて庭に来たときから、なんか見たことある猫だなあって、ずっと思ってたもん」

「そーなの？」

そんな話は、もちろん初耳である。また適当なことを言ってるんじゃないか、と怪しんだ。

けれど俄然張り切りだした陽一が、

「よし、次の日曜に種田さんちに猫を届けてやろう」

と一人でどんどん話を進めていってしまう。

「本気？」

「おう、猫だってその方がいいだろ」

ユカリは、話にちっともついていけなくて困ってしまった。そんな展開は、ぜんぜん望んでいなかった。ただ、あの猫を家族として迎え入れたかった、それだけなのに。それがちっとも伝わっていない。普段は面倒くさがりのくせに、こんなときだけ張り切る陽一が憎たらしい。

とはいえ、陽一の言うのが本当ならば、飼い主もさぞ心配しているに違いない。ずっと探していたのかもしれない。猫だって、長年、一緒に暮らしていたのなら、やはりかけがえのない家族だ。家族がいなくなった寂しさが、ユカリには痛いほどわかる。帰る場所があるなら、帰してやるのが筋である。

「うん、それがいいね……」

ユカリはしょんぼりと言った。

どれだけ相田家の家族にふさわしいと思っても、それはユカリ一人が勝手に思っていることだ。それでもやはり、あの猫を家族にできないのは、とても悲しかった。陽一はそういうことにはまったく気が付かず、「猫を入れるバッグがいるよなあ。スポーツバッグで大丈夫かなあ」と夕飯もまだなのに、押し入れをごそごそ探している。

ユカリは兄の脱ぎ捨てたまだ生ぬるい靴下を廊下からつまみ上げると、暗い気持ちで洗濯カゴに放り込んだ。

＊

日曜日は、申し分ない快晴だった。だけどユカリは日が経つにつれて、猫を返すのが辛くなってしまった。このまま気が付かなかった振りをして、相田家で飼ってしまえばいい。

要はバックレて、平気な顔でいればいいのだ。だがそんなことは、ユカリにはもちろんできそうもなかった。

「ねえ、ほんとに行く？」

「おう。さっと行ってさっと帰ってこようぜぃ」

陽一だけは変わらず、ノリノリだった。ユカリは恨めしい気持ちで兄を見たが、ちっとも気づく様子はない。

スポーツバッグに猫を入れ、抱きかかえるようにして家を出た。庭におりて二人がかりで捕獲する際、猫は最初こそ少し暴れたが、疲れたからか、やがておとなしくなりときどきバッグの中から「ミャー」と小さく鳴くだけだった。突き出した鼻が、どことなく悲しげにひくひくと動いていた。布越しに、温かい感触が伝わってくる。

近所を歩いていると、すれ違う人たちが、バッグから漏れる猫の哀《あわ》れな鳴き声を聞いて、「おや？」

という顔を向けてくる。虐待しているとでも思われたらかなわないので、ユカリはそのたびに下手くそな愛想笑いで応じた。やっぱり仲のよい兄妹だ、という顔で、近所の人たちは二人を見ていた。

種田家は立派なお宅だった。相田家とは比べものにならないほどに広くて整然とした庭があり、窓辺はオシャレなカフェのテラス席のようになっていた。南向きで、よく陽が当たる。

「ほら、あそこに前までは猫がいたんだよ」

「そっか」

ユカリは陽一の指さす陽の当たるテラスを見て、ああ、この家ならうちで飼われるより猫もきっと幸せだな、と思った。別れるのは辛かったが、その庭を見ていたら、この子が幸せならいいや、とようやく納得することができた。

チャイムを押してしばらく待つと、品のよさそうな小柄なおばさんが玄関に現れた。

「こんにちは」

と陽一が挨拶《あいさつ》すると、種田家の奥さんも、

「はいはい、こんにちは」

と抵抗なく応じた。

「ボクら、一丁目に住んでいる相田という者ですが、今日はステキな贈り物を届けにきました」

と陽一は仕事で培った営業スマイルを浮かべて、ドラマのような台詞《せりふ》を吐いた。朝からずっと繰り返し練習していたのである。それに合わせ、ユカリはスポーツバッグのジッパーを開けた。中から牛柄の猫がぬっと顔を出し、「フミャー」と抗議するように鳴いた。

兄妹は、固唾《かたず》を飲んで反応を窺う。

すると、種田家の奥さんはぱっと顔を輝かせて、

「あらまあ！」

とうれしそうに声を上げた。

陽一とユカリは息をつめて見守った。こんな感動の再会シーンなど、テレビでしか見たことがない。

やっぱりここは、ぎゅっと抱きしめたりするのかしら――。ユカリは期待して待った。

が、なぜか奥さんはその場から動く様子がない。

「それで？」

と奥さんは首をひねって、兄妹と猫を見た。さきほどの笑顔もウソのように消えている。

「え？」

陽一は慌てて、早口で事情を説明した。

「お宅の猫ですよね？」

「えー、うちの子じゃないわよ」

「あれ、だっていま、あらまあ！　って喜びましたよね」

「あら、かわいい猫チャンねって意味で言っただけよ？」

種田家の奥さんにすげなく言われ、陽一は、

「あれー？」

と間抜けな声を上げた。

「うち、猫飼ってないもの」

奥さんが淡々と言った。

「あれー？」

完全に当てが外れ、陽一が再び声を上げたタイミングで、家の奥から白くて上品な毛並みをしたシーズー犬が顔を見せて、奥さんの足のまわりにまとわりついた。犬はやたらとフリフリがついた派手な服を着せられていた。

「ほら、うち、犬派だから」

「あれー？」

陽一はもう一度、言った。ユカリはそれを、凍るような冷たい目でじっと見ていた。

ずっしり重たいバッグを抱え、二人は来た道を無言で戻った。途中、大きな公園があったので桜の木の下にあるベンチで一休みすることにした。桜の花はもうほとんど散りかけで、花見客もいなかった。落ちた桜の花びらが薄紅色の絨毯のようで、ときどき風が吹く

と、ふわりと音もなく舞い上がった。

　バッグから出してやると、猫はユカリの膝の乗り心地をしばらくたしかめるように前脚をふみふみさせていたが、やがてくるんと丸まって眠ってしまった。自分が知らないところに連れてこられたことなど、もう気にしていないらしい。陽一は近くの自動販売機で二人分の飲み物を買ってきて、緑茶の方をユカリに渡し、自分は缶コーヒーを飲んだ。

「兄さんって、視力いくつだっけ?」

「ん? えーと、去年の会社の健康診断で測ったときは、0・4だったかな」

　ユカリは、へえ、と冷ややかな声を出した。

「それで、よくあんな自信満々に言えたねえ」

「でも、動物は飼ってたろ」

「犬だけどね」

「うん、犬だったなあ」

「ぜんぜん牛柄じゃないし」

「まあ、人間、間違うこともあるさ」

　ユカリは呆れて、はあ、とため息をついた。一体、自分たちはなにをしに行ったのだろう。知らないおばさんに、猫を見せに行っただけである。とんだ徒労だった。

目の前の花壇には小さな紫色の花が咲き、犬を散歩中のおじいさんが二人のそばを横切っていく。公園のそばの家のベランダでは、洗濯物がはためいていた。陽一は妹の膝の上で丸くなっている猫を見た。安心しきって、ぐっすりと眠っていた。人間よりも少し早い呼吸に合わせて、背中が上下している。ユカリの細い指が、その背中をそっと撫でている。とても愛おしそうに。

「悪かったな」

ぽりぽりと頭をかきながら、陽一はバツが悪そうにつぶやいた。

「そうだよ、勘違いでわざわざこんなとこまで来ちゃって」

「それもあるけど、なんつーか、それだけじゃなくてさ」

陽一はまた頭をかいた。

「なによ?」

「おまえ、さっき種田さんちの前で泣きべそかいてたろ?」

思わず、えっと絶句した。

「か、かいてないよ」

「かいてたね」

ユカリは押し黙った。

「そんなにイヤだったなら、言えばよかったじゃんかよ。チャイムなんて押さないで、帰ろうって」

「だって、心配して待っている人がいるなら帰してあげなきゃ。辛いじゃない、そんなの」

　ふてくされて言うと、陽一がふっと微笑んだ。

「なに笑ってんのよ？」

「べつに」

「イヤ～な感じ」

　ねえ、と膝の上の猫に同意を求める。猫はやっぱりぐうぐう寝ている。

「まあ、勘違いでよかったじゃん。でもオレだってよかれと思ってやったんだぜ」

　陽一はそう言って、嘆息《たんそく》した。

「どうもオレの優しさは、いつも空回りばかりしてる気がするなあ」

「優しさ、ねえ」

　ユカリが疑わしげに見ると、

「そいつ、うちで飼うか？」

　いきなり尋ねられた。

「え、いいの？」

　ユカリの瞳が、みるみる大きく見開かれていく。

「まあ、うちに合ってるんじゃない？　間抜けな感じとかさ。少なくとも種田さんとこよりは。あの家にこいつがいる絵より、うちにいる絵のほうがよっぽどいいじゃんって気がしたわ」

「ほ、ほんと？」

「だってもう、すっかり馴染《なじ》んじゃってんじゃん。お、おい！」

　ユカリがものすごい勢いで、だっーと涙を流しているのを見て、陽一はすっかりうろたえた。妹が泣くことなど、滅多にないのである。猫もぽかんと口を開けて、ユカリを見上げている。

「うへへ、うれしい」

　ユカリは袖で涙をぬぐいながら、笑った。陽一は決まり悪く、ただ頭をかくしかなかった。しかし妹の涙は乾くのも早い。陽一がうろたえているうちに、あっという間に乾いてしまった。

「よしッ、うちに帰ろう！」

　ユカリは明るく言った。陽一はほっとした顔で、ユカリの手の空き缶を受け取って、自分の分と一緒にゴミ箱に捨てに行った。それから、あッと急になにかを思い出したように声をあげた。

「おまえ、知ってる?」

「なにを?」

「猫の肉球って、アーモンドの匂いがするんだぜ」

「うっそだあ」

ユカリは騙されたつもりで、膝の上の猫を抱き上げて、前脚に鼻を近づけてみた。

「わ、ほんとだ!」

健康的な土の匂いに混じって、陽一が好んで食べている素焼きアーモンドによく似た香ばしい匂いがほんのり鼻をくすぐった。世紀の大発見をしたように驚いていると、

「な?」

と陽一がさも得意げな顔をする。

「もうアーモンド、いらないね」

「肉球は食えないだろが」

陽一はフンとふてくされながら言うと、

「おい」

と目の前にしゃがんで、猫に向かって優しい声で語りかけた。

「お前、うちにくるか？」

猫は陽一のことをじっと見つめている。

「お前もそれでいいか？」

もう一度、陽一が猫に聞く。

それは五年前、ユカリに、これからは二人で暮らすということでいいか、と問いかけてきたときと同じ、優しく包み込むような声だった。

すると突然、猫がミャーと短く鳴いた。ユカリが尋ねたときは、見向きもしなかったというのに。なんでこの人は、こんなに優しげな声を出せるのだろう。それが不思議でならなかった。

「お、こいつ、返事したぞ。うちがいいって」

陽一は桜の花びらの舞うなかで、あははと声を上げて笑った。

＊

そうして、猫は相田家の住人になった。

名前はいつの間にか、種田さんになっていた。種田さんところの猫、と陽一がずっと呼んでいたのが短くなって、そのまま定着してしまったのだ。ユカリはもっとかわいい名前をつけようと気合いをいれて考えを巡らしていたが、その間に猫は「自分は種田さんである」とすっかり認識してしまい、もう手遅れだった。

「種田さん」

陽一が呼ぶと、ちゃんとこっちを向いて、「なんすか?」という顔をする。

「マーブル」

ユカリが考えた名前を呼んでも、まるで反応はない。

「なんだ、マーブルって。ダセえ」

陽一には好き放題に笑われてしまった。

さらに頭に来ることに、種田さんは、どうもユカリよりも陽一に懐《なつ》いている節《ふし》があった。気がつくと、あぐらをかいた兄の膝の上に乗っている。夜は一緒の布団でちょくちょく寝ているようだ。朝ごはんをつくっていると、そろって寝ぼけ顔で台所に現れる。猫とは兄が言ってたように、たしかに恩知らずだ、と憤った。

ある涼しい夜、食後に八朔《はっさく》を食べているとき、ユカリは陽一がおばあさんの家で飼っていたという猫のことを、ふいに思い出した。

「そうだ、おばあさんとこの白猫、ミーヤちゃんだっけ？　はどうなったの？」

「ん？」

甘酸っぱい八朔に唇をすぼめている陽一が、「ああ」と応じた。

「ミーヤは、オレがばあちゃんちに住んでたときには、もうかなり高齢だったんだよ。それで、いつも裏の森で遊んでたんだけど、ある日、散歩に出たきりとうとう帰ってこなくなってさ。夏休みのあいだ、毎日探しに行ったけど、結局見つからなかったんだ」

「そっか……」

死期が近いのを知ると、猫は自分で死に場所を探しに行くと聞いたことがある。ミーヤもそうだったんだろうか。茂みの中で人知れず死んでいく白猫の姿が頭に浮かび、胸が塞いだ。

だけど陽一は、「違うよ」と珍しくきっぱりした口調で言った。

「ミーヤは、きっと森のずっと奥深くに行ったんだ。それで見つけたんだ、オレたちには決してたどり着けないような、とても美しい場所を。どこまでも澄んだ泉がわいていて、誰も知らないような虹色の蝶が飛んでいて、きれいな鳥の鳴き声が遠くに聞こえる、そんな天国みたいな場所を。そこで幸せに昼寝してるんだ。オレはいまでもそう信じてるよ」

信じている、というよりも、信じたい、と思っているような、そんな口調だった。

「うん」

とユカリはうなずいた。なぜだかふと、そこには死んでしまった父とサチコさんもいる気がした。森のずっと奥、澄んだ泉がわき、見たこともない蝶が飛ぶ、美しい場所に。そう思ったら、心がじわりと温かくなった。そうだったらいいな、と心から思った。

陽一の膝にいた種田さんを強引に抱き上げて、肉球の匂いを嗅いでみる。やっぱりアーモンドの香りがして、ユカリはにっこり微笑んだ。

その二　あいまい弁当

五月も最後の日曜、ユカリが夕飯の下ごしらえを終えて茶の間をのぞくと、陽一が黙々とテレビゲームをしていた。膝の上には、ちゃっかり種田さんが乗っている。

「そのゲーム、どうしたの？」

エプロンで手をぬぐいながら尋ねると、

「さっき買ってきた」

と、こちらを見もせずに返事をする。

なんだかひどく陰惨《いんさん》かつファンタジックな雰囲気の世界の中で、屈強《くっきょう》な男が巨大な獣を相手に、剣を振り回しているゲームだった。主人公が、巨大な剣を振るたび、鮮血がドバッとあがる。首がピュンと飛んで、地面に転がる。いかにも兄が好きそうな、そしてユカリが毛嫌いしているタイプのゲームである。

珍しく「散歩に行く」と出かけていったのでよい傾向だと思ったら、なんのことはない、ゲームソフトが目的だったらしい。

しかしユカリはまた台所に戻ろうとして、テレビの前にドンッと置かれたゲーム本体に目をとめて、硬直した。相田家にはなかった最新ゲーム機が、さも当然のように、テレビのわきに置いてあったのだ。

「そ、それは?」

「ん? 買ってきた」

幻でも見ているような気持ちで尋ねると、

「い、いくら?」

「ええと、ソフトと合わせて、四万ちょっと」

「そんなお金、どうしたの」

「近くのコンビニでおろした」

「アホ!」

ユカリは思わず、手近にあったクッションを陽一に投げつけた。種田さんがビックリして仏間へ続く襖《ふすま》の隙間に逃げていく。

「だってさあ、欲しかったんだもん」

「だからってふつう相談もなしにそんな高いもの、買ってくる? 信じらんない」

「いや、オレだって買う気なんてなかったよ？」

と陽一はふてぶてしい態度で言い訳した。

「でも、ゲーム屋に立ち寄ったらさあ、物欲に負けちゃって。気が付いたらお買い上げってなもんですわ」

「バカ！」

ユカリはクッションで陽一の頭を思いきりはたいた。

「うん、悪かったとは思ってる」

それでも、微動だにせずコントローラーをチャカチャカ弄《いじ》っている。台所から煮物の甘い匂いがふわりと漂《ただよ》ってくる。

「悪かったと思ってる人の態度じゃない」

「でもまあ、考えてみ？」

陽一は開き直ったように明るく言った。

「なにを」

「これを糧《かて》にオレはまた、明日から仕事をがんばれる。家に帰ったらゲームがあるって思ったら、あの地獄の満員電車も、営業先で下げたくない頭を下げることにも、どうにか耐えられる。そう思えば、安いもんだろ」

「いや、だから、相談しなさいよって言ってんの。誰も買うなとは言ってない。欲しがってたのは知ってんだから、誕生日にとか、こっちだっていろいろ計画するじゃん」

「じゃあ、前借りってことでここはひとつ」

陽一の誕生日は十二月だ。半年近く先なのに、何言ってんだ、こいつは、とユカリは呆れた。

「じゃあ、誕生日は何もナシだからね」

「おう、望むところだ。もうこの年になると、誕生日もクソもないしね」

ミもフタもないことを言うので、ユカリは絶句した。

まだ二十五だというのに、兄ときたら最近すっかり年寄り染みている。ゲームを糧に仕事をがんばるとか、ちょっと寂しすぎやしないか。これでこの人はいいんだろうか。ユカリはちょっと心配になった。休日は決まって家にいて、遊びに出かけることもない。ゴールデンウィーク中も両親の墓参りに行ったのをのぞけば、家でごろごろしていた。

「兄さん、恋人とかいないの？」

正座したユカリに神妙な顔で尋ねられ、陽一は呆気にとられた顔をした。

「へ？　突然なんスか？」

「いないの、そういう人」

「いねえよ。知ってんのに、わざわざ聞くかね。なんだ、新手のイジメか、そうなのか？」

「つくらないの？」

陽一はゲームのストップボタンを押すと、はあーと魂まで吐き出しそうなほどの深いため息をついた。

「あのなあ、おまえみたいなお子様にはわかんないかもしんないけど、そんな簡単にできるなら世の中、誰も苦労しないの。ドラマみたいに、どこにでも出会いが転がってると思ったら大間違いだぞ。出会いがないんだから、しょうがねえだろ」

陽一が勤める医療品メーカーは、ほとんど男性社員ばかりで、二人だけの女性社員は、挨拶代わりにガハガハ笑って背中を叩《たた》いてくるような、気さくなオバチャンだった。

「じゃ、合コンとかは？」

「オレ、酒飲めないじゃん、行っても辛いだけよ、あんなとこ。だいたい、ああいうとこで出会いを求めるタイプじゃないのよ、オレは」

「でも誘われたら行ってみるくらい、いいじゃん。別に出会いまでいかなくても、楽しめるかもよ」

「うん、でも誘われないんだ」

どこか清々しささえ感じる声だった。しかし所詮、誘われないことへの僻《ひが》みからくる強がりなのはまるわかりで、ユカリは兄を哀れに思った。

「困ったね」

「おまえが勝手に困んなくていいよ」

だけどユカリはやっぱり困った。妹として、こんな兄はどうなのか、と途方に暮れてしまう。

ユカリが、うーん、と腕を組んで眉間にしわを寄せていると、陽一は畳にごろんと寝転がりながら、攻勢に出た。

「おまえこそ、どうなのよ？」

「は？　私？」

「甘酸っぱい初恋とかさあ、ないわけ？　胸がきゅうって痛くなるような、淡い恋みたいなさあ。夜中に永遠に渡せないラブレター書いちゃった、テヘ、みたいな。お兄ちゃん、相談のったるど」

陽一がいやらしい笑みを浮かべて言ってくるので、

「ない」

ユカリは迷うことなく答えた。そういうのは自分でお金を稼いで暮らせるようになってからにしようと決めている。もちろん、恋とはそんな理屈が通じないものだということも、ドラマなどからの知識で知ってはいるが、もともと乾いている性格のユカリには一向に訪れる気配はない。そもそも学校と家事の両立で、クラスの男子などは案山子《かかし》くらいにしか見ていない。家事に本気になればなるほど、やることは山のように増えていき、いまだって手いっぱいなのだ。

「ケッ、つまんねえ奴」

「兄さんには言われたくない」

「オレはいいんだよ。種田さんさえいてくれれば」

いつの間にかまた陽一のそばでごろんとひっくり返っている種田さんを撫でながら、兄は言った。あれだけ飼うのを渋っていたくせに、いまでは陽一は、ユカリ以上に種田さんにメロメロなのだった。種田さんも、圧倒的に陽一に懐いていて、ユカリは面白くない。

「知ってると思うけど、種田さん、オスだよ」

「いいよ、もうオスでもなんでも」

その種田さんは最近、去勢手術をほどこされ、はち切れそうだったタマタマも、いまや梅干しのようにシワシワに縮んでしまった。多少気の毒ではあるが、相田家で責任持って飼うと決めた以上、仕方のないことである。もっとも種田さんは、手術を受けたことなどまったく覚えておらず、日々、家の中を幸せそうにコロコロ転がり、陽一と新婚夫婦のような甘い日々を送っている。種田さんという家族が増えて、相田家は以前よりずいぶん賑やかになった。彼には感謝してもしきれない。

とはいえ、

「種田さん、かわいいでちゅね～」

赤ちゃん言葉で話しかける兄は辛い。

(これは重症だ……)

ユカリはいよいよ絶望的に思った。

＊

「おッ、あいまい弁当」

翌日の昼、陽一がいつものように自分のデスクで報告書を書きながら弁当をもぐもぐやっていると、後輩の浦上くんがそれを見て嬉しそうに言った。

「曖昧《あいまい》弁当ってなによ？」

オレはそんな曖昧なものを食っているのか、と陽一は困惑したが、

「だって先輩が食べてるそれ、妹さんのつくったお弁当でしょ。奥さんがつくった弁当なら、愛妻弁当、妹さんなら愛妹弁当でしょう」

ニヤついた顔の浦上くんに言われて、

「あー、なるほど」

と納得した。

「いいっすね、優しい妹さんがいて。ぼくなんていつも、コンビニ弁当っすよ。まったく、毎日、見せつけてくれちゃって。独り身にはこたえるなあ」

浦上くんはそう言って、コンビニの袋をガサゴソ開けて、自分の席でもそもそ食べ始めた。

浦上くんのことは、陽一が教育係を担当していたこともあって可愛がっていた。彼の方も、陽一を兄貴分として慕ってくれているところがある。痩せて背の高い陽一に対して、浦上くんは小太りで背が低い。二人一緒にいると、社内の人に面白がられる。

陽一は、豚のひき肉入りの卵焼きにさばの塩焼き、ひじきの煮物にプチトマトとたくさんのおかずが入った自分の弁当と、浦上くんの茶系で統一されたコンビニ弁当を見比べ、ふふん、と勝ち誇った。実際は愛情弁当というより、節約弁当であるが、いまこの時点では間違いなく自分の弁当の方が上だと思った。

「卵焼き、一個食べてもいいよ」

椅子をスッーと滑らせてそばまで行って弁当を差し出してやると、

「え、いいんすか。うおお、ユカリタン手作りの卵焼きゲットォ！」

とはしゃぎながら、太い指で一切れ取った。

浦上くんは、一度だけではあるが、ユカリと会ったことがある。まだ彼が入社して間もないころ、取引先の接待でつぶれてしまったときに家に泊めてやったのだ。あとで、あいつとオレ、血はつながってないんだよ、となにかの拍子に話したら、若干オタク気質である浦上くんに、「血のつながらない妹と二人暮らしって、それ、なんてアニメっすか」と詰め寄られた。言わなきゃよかった、とものすごく後悔した。

「ン～、うまいすね。お肉が入ってて、ちゃんとおかずって感じ」

浦上くんが絶賛するので、陽一は気を良くして、

「あと青ネギとカニカマ。このカニカマがね、食感もよくって、ポイントなのよ」

と自分がつくったわけでもないのに、したり顔になった。

「へえ、ユカリタンが考えたんですか？」

「いや、違うよ。オレのおふくろがいつも、つくってたの。子どものころから、オレがこれ、好きだったたから。で、ユカリがおふくろのレシピ帖見て、つくってくれてんの」

いつからだろう、妹が母の卵焼きの味を完全に再現できるようになったのは。まだ二人だけで暮らし出したころは、中が半生だったり、普通に卵の殻が入っていて、油断がならかったというのに。いまでは職人のような佇まいで台所に立っている。魚だって「えいや！」とあっという間にさばいてしまう。

「おお、ユカリタン、なんてお兄さん想い。胸が熱いわぁ」

「いや、あいつもこれ、好物だから。あと、人の妹を『タン』付けで呼ぶの、やめてもらってていいかな？」

「すみません、ちょっと取り乱しました」

浦上くんは我に返って謝罪した。

それから二人でもそもそ弁当を食べながら、ちょっと世間話をした。陽一が最新のゲーム機を昨日買ったと自慢したが、浦上くんは発売日に買ったそうで、自慢にならなかった。「じゃあ今度オンライン対戦しようよ」「いいっすねえ、ぼく強いですよ」と話していたら、なんて実のない会話だと我ながら思い、陽一はふいに昨日、ユカリになんだか哀れむような目つきで見られたことを思い出した。

「突然だけどさ」

「なんです？」

「浦上くんは彼女とかいんの？」

「ぼくっすか？　いや、いないですよ。またまたぁ、知ってるくせに」

「うん、知ってた。ごめんね」

「あはは、先輩ってば、意地悪だなあ」

浦上くんは笑ったが、目は笑っていなかった。

「合コンとか行ったりする？」

「いやー、行かない行かない。あんなとこで気軽に出会いとか、ぼくは求めてないんで。あんなの、サカッてるだけですよ、猿でたとえると、真っ赤なケツして歩いてるようなもんです。いや、決して誘われないから僻んでるとかではなくてですね」

浦上くんがやたら早口で言うので、陽一も、

「だよね、オレもああいうの嫌いなの」

わかるわかる、と必死にうなずいた。うなずきながら、こういうのを傷の舐めあいって言うのかと虚しくなった。

「でも先輩はいいじゃないですか」

すると急に浦上くんが丸い肩をいからせて言った。

「なにが？」

「だってユカリちゃんがいるし」

「いやいや、そこは関係ないでしょ。あいつ、まだ中三になったばかりだから。てか、妹だし」

「でも血はつながってないわけでしょ」

「まあ、それはそうだけどね」

「血のつながらない妹を、自分好みに育成するって、男のロマンじゃないですかぁ。しかもユカリちゃん、なかなか可愛いし」

「バカ言ってんじゃないよ」

陽一は心底呆れた声を出した。いつからそんなものが男のロマンになったのだ。不気味すぎて、考えたこともない。

「あのねえ」

と、陽一はため息をついた。

「君、アニメと現実を一緒にしたらダメだよ」

「いやいや、先輩んちがアニメの設定に寄せてきてるんじゃないですか」

陽一はますます呆れてしまった。

「浦上くん、きょうだいは？」

「二つ上の姉がいますけど」

「お姉さんのこと、そういう対象って見られる？　可愛いなあとか、下着姿見ちゃってドキドキとかする？」

「オエ～、やめてくださいよ。あるわけないじゃないですか、気持ち悪い！」

浦上くんは、箸をピタリと止め、社内に響き渡るような本気の呻《うめ》き声を出した。「食欲なくなっちゃいましたよ」

「ほらね」

と陽一は得意げに言った。彼もふつうの感覚を持っていると知って、安心した。「できますよ」とあっさり言われたら、心の底から引いてしまうところだった。

「オレたちだって、十年近くずっと家族やってンの。同じメシ食って、同じ部屋の空気吸って、同じ屋根の下で寝てって、ね。血がつながっていようが、いまいが、それは一緒。考えただけで鳥肌が立つわ」

「すみませんでした……」

浦上くんは自分に置き換えて、やっと納得がいったらしく、深々と頭を下げた。

その後は、食事のさまたげにならないようなあたりさわりのない話題を口にしながら、一緒に弁当を食べた。

＊

「まったく、そんな高いもの、普通相談もなしで買って来るかなぁ」

ユカリが教室の窓際の席で、昨日の陽一の愚行《ぐこう》を愚痴《ぐち》交じりに話して聞かせると、長谷《はせ》川《がわ》さんは、

「なんじゃそりゃ。相田さんのお兄さん、相当キテるわ〜」

と大層面白がった。長谷川さんは、少年のような短い髪をしている。そのやわらかそうな前髪が、笑うたびにさらさら揺れる。

「買ってきたこと黙って、しれっとゲームしてるところがいいよね」

「笑いごとじゃないよ。相田家の家計からしたら、大打撃だよ」

「そうだね、他人事《ひとごと》だから笑えるけど、自分が相田さんの立場だったらブチ切れてるね」

「でしょう?」

「でも他人事だと、めっちゃ笑える。私、相田さんのお兄さんのファンになりそう」

「もう」

ユカリはふてくされて見せるが、本気で怒ってはいない。むしろ長谷川さんがそうやっ

て、自分と兄のことを笑い飛ばしてくれるのがどこか痛快だった。彼女が大口開けて笑ってくれると、他人からしたら自分たちの諍《いさか》いがいかに些細なことか実感できる気がする。そしてそれが、どれほど恵まれた日々なのかということも。

「お兄さん、なんてゲームやってんの？」

「えー、よく知らない。なんかウィッチャーとかいうやつだった。怪物とかと血しぶきあげながら戦ってた」

「あ、知ってる！　ポーランドの有名なファンタジー小説が原作のヤツだ」

「へえ。よく知ってるねえ」

「私、ファンタジーもの大好き」

「じゃあ兄さんがクリアしたら貸すよ」

「オー、いいの？　でも噂じゃクリアまで百時間は余裕でかかるらしいよ」

あと百時間はあのゲームと付き合わなければいけないのかと、身震いすると、長谷川さんがまたけらけら笑った。

「なにそれ、こわい」

最近、ユカリは前ほど学校に通うのが苦痛でなくなった。

こうして休み時間などに、長谷川さんと話すようになったおかげである。

長谷川さんは、クラスではどのグループにも属さない女の子だった。三年生ではじめて同じクラスになった。短髪で、背の高いユカリよりもさらに背が高く、いつも堂々としていた。休み時間は、大抵自分の机で文庫本を読んでいた。長谷川さんてカッコいいよな、とユカリはずっとひそかに思っていた。

友だちになれたのがウソみたいだけど、長谷川さんいわく、それは、ミラクルのおかげらしい。そういうことが起きることってたまにあるんだよ、と彼女が前に教えてくれた。

三週間前の昼休みのことだった。ユカリが自分の席で誰とも喋《しゃべ》らず、一人ボーッとしていると、

「ユカリン、このあいだの夜、見ちゃったよ」

急に肩を叩かれた。クラスの派手系グループの女の子たちだった。ユカリンと久しぶりにあだ名で呼ばれた。その時点で、イヤな予感がプンプンした。

「見たってなにを？」

意味がわからず、聞き返した。だけど女の子たちは、「見ちゃった、見ちゃった」と繰り返すばかりで、一向に話が進まない。話しかけておいて、話を進めようともしない。変わった子たちだよなあ。ユカリは、あらためて彼女たちを不思議な生き物を見るような顔

で眺めた。

男の子とファッションにしか興味のない子たちで、休み時間はいつもファッション誌を見ながら、盛り上がっている。クラスの男の子たちを「四十点」とか「八十七点」とか、こっそり採点して、喜んでいる。三十点以下の子たちを、赤点と呼んで、笑う。そういうのが苦手で、いつからか彼女たちとは話さなくなった。

向こうは向こうで、ユカリをシャレもわからないつまらない子だ、と笑いものにしている様子だったのに――。

「ウチらが、四月から塾に通いはじめたの知ってた?」

「知らないけど」

「その帰りにね、駅前で見ちゃったの」

「だから、なにを?」

女の子たちは顔を見合わせて、含み笑いをした。

「相田さんがスーツ姿の男の人と一緒のところ」

「はあ」

ユカリは意味がわからず答えた。

「男の人が相田さんの持ってたスーパーの袋を取り上げてね、持ってあげちゃってね。二人でベッタリくっついてね、笑いながら目の前を歩いてったの。あれって噂の血のつながらないお兄さんでしょ？　いや〜、見せつけてくれるねぇ。参った参った。ほんとに仲いいんだねえ、ラブラブじゃん」

あまりの不意打ちに、ユカリは絶句してしまった。たぶん買い物帰りに、仕事帰りの陽一と合流して帰るところを見られたのだろう。

でも、まさかそんな些細なことで――。

怒りで、顔が赤くなった。自分たちの平穏な暮らしが、ゴシップネタみたいに下品なものにされたのは、実に耐え難かった。

道を歩いていたら、突然知らない人にバケツで水をかけられたような気分だった。

だが女の子たちはそれを見て、照れているのだと解釈して余計盛り上がった。

「顔、赤くなってる〜」

「禁断の恋って感じ？」

「一つ屋根の下で血のつながらない兄妹が暮らすとか、漫画じゃん」

ユカリは心の底からバカじゃないの、と思ったが、邪悪な魔法かなにかで口を縫い合わされてしまったように、言葉はひとつもでてきてくれなかった。

　すると突然、

「え、それだけ?」

斜め後ろの席から声が上がって、「エッ」と女の子たちの顔がそっちに向いた。ユカリも振り返る。

長谷川さんが机に頰杖《ほおづえ》をついて、ユカリたちのことを実につまらなそうな顔で見ていた。

「さんざん勿体つけて話すからさあ、なんかよっぽどすごいことなのかと思った」

長谷川さんは、よくそれだけでそんなに盛り上がれるね、と頰杖の体勢を崩さないまま乾いた声を出した。

「なに、盗み聞きとかキモいんだけど」

「あんたに誰も話してないよ」

女の子たちがさっきまでの華やかな笑顔はどこへやら、鬼ババのようなおそろしげな顔をして、食ってかかる。それでも、長谷川さんは余裕しゃくしゃくで、「お、鬼がでた」などと女の子たちを挑発する。

ユカリたちは、すでに教室中の注目の的だった。

「この子たち、相田さんが羨《うらや》ましいんだよ。嫉妬してんだよ」

と長谷川さんがユカリに向かって、笑いかけた。とても素敵な笑みだった。

すると、あれほどきつく縫い合わされていた口が、なぜか簡単に開いた。

「気が済んだ？　なら、あっち行ってよ」

氷のような声で言って、ジロリと睨《にら》むと、女の子たちは鬼の表情のまま固まった。教室にユカリを中心に冷たい空気が広がる。やがて予鈴が鳴り、女の子たちは、「あ、もう昼休み終わっちゃう。トイレ！」と蜘蛛《くも》の子を散らすように退散していった。

彼女たちが行ってしまうと、ユカリは緊張をとき、ゆっくり五秒頭の中で数えながら深呼吸してから、後ろを向いた。長谷川さんは何食わぬ顔で再び読書に戻っていた。勇気を出して、「あの」と声をかけた。

「ありがとう、味方になってくれて」

そんなストレートにお礼を言われると思っていなかったのか、長谷川さんは目を丸くして、頬を少し赤らめた。

「別に、そんな大したことじゃ……」

「ううん、すごい助かった」

そう言ったら、長谷川さんはにこりと笑った。だが突然、長谷川さんの微笑みが意地悪な笑みに変わった。

「にしても、あの子たちを睨んだ相田さん、すんごい迫力だったよ。やるねえ、あの子たち絶対チビってるよ。だって私もチビりそうになったもん」

今度はユカリが頬を赤らめる番だった。

その日、途中まで一緒に下校したときに、長谷川さんは、性格的に女子と群れるのがどうしても苦手で一人でいつも行動するようにしているんだ、と打ち明けた。だけどきっぱりしてサバサバした感じのユカリとは、気が合いそうだと前から思っていた、と。

ユカリが、「私もそう思ってた」と興奮気味に言うと、長谷川さんも嬉しそうな顔をした。

「でもそういうことって、ごくたま～にだけどあるよね。あ、あの子とは気が合いそうって思うと、向こうも実はそう思ってくれてるってこと」

「そうなの？」

自分の人生では、まだそんな経験は一度もない。だけど長谷川さんが、

「うん、そういうミラクルってあるって私は思うなぁ」

とあまりに自信にあふれた声で言うので、ユカリはそれをすんなり信じることができた。

二人はそうして友だちになって、いまに至るのだった。

「とにかくさあ、妹としては、あれはちょっとまずいと思うわけよ」

教室の黒板の前では、男子たちがケツバットとはしゃぎながら、尻の蹴《け》り合いをしてい

る。「痛い痛い」と絶叫し、唾《つば》を飛ばしながら、笑い合っている。ユカリには尻を蹴り合うことのなにがそんなに楽しいのかまったく理解できず、男子ってほんとバカだ、と思いながら、テレビの前の丸まった兄の背中を思い浮かべて、嘆いた。

「なるほどねえ」

　長谷川さんもやはり男子たちを哀れむような目つきで見ながら、ユカリの話を楽しそうに聞いていた。

「恋人でもいれば、また違うんだろうけどなあ」

「いないんだ?」

「もうずっといないよ」

「まあ、そんな生活してりゃできないか」

「彼女でもいれば、ちょっとは変わるんだろうけどなあ」

　ユカリが天井を仰ぎながらぼやくと、長谷川さんがふいに質問してきた。

「相田さんから見て、お兄さんはどんなところが素敵だと思う?」

「え?　なんで?」

「いいから考えてみて」

「人の悪口を言わないところ」

ユカリが考えるまでもなく即答すると、長谷川さんは「へえ」と感心したような声を出した。

「いままで一緒に暮らしてきて、兄さんが誰かをひどく悪く言ったりしたの、聞いたことないんだよね。あ、ニュースで猫を虐待してた犯人とかを『こんなヤツ、死刑でいいよ』とかはフツーに言うな。そこは珍しく兄妹、全く同じ意見なんだけど。でも、そういう意味じゃなくて」

「うん、わかるよ」

と長谷川さんがうなずいた。

「兄さんさ、こっちに戻ってくるって決めたとき、恋人だった人にあっけなくフラれちゃったんだよね。『じゃ、さよならしなきゃね』って。で、私がその人のこと、ちょっと悪く言ったら、『まあ、しょうがないじゃん。こっちが悪いんだもん。むしろオレなんかと付き合ってくれて感謝してる』って真顔で言って、『幸せになってくれるといいなあ』なんて遠い目しちゃうわけ。まいっちゃうよね」

机の上で手をグーにして鼻息を荒らげると、長谷川さんはクスクスと笑った。

「相田さん、いつの間にか愚痴になってるよ」

長谷川さんに指摘され、ユカリは「あ、あれ？」と慌《あわ》てた。長谷川さんがそれを見て、ますます笑う。

「とにかく、そういうの、ちょっとスゴイなって思うときがあるの。私もちょっとは見習わなきゃって。まあ単純に争い事が嫌いで小心者ってだけなんだけどね。でもそんなだから、私がどうにかしてやんなきゃいけないとか、思ったりね」

そうなのだ、ユカリは兄のそんな人柄を尊敬しているが、一方でなんて不器用な人だろうと呆れてもいる。そう思っていることに、長谷川さんと話していて改めて気づかされた。誰かに話を聞いてもらうというのは大事だ。こんな風に、自分でもよくわかっていなかった気持ちをはっきり理解するきっかけになる。

ユカリが友だちってありがたいな、と考えていると、

「いいね、なんか」

「なにが？」

「いまの話の全部。お兄さんのいいところを訊かれて即答できるところとか、なにげにとても心配してるところとか」

長谷川さんにもなにか感じるところがあったのか、そんなことを優しげな口調で言う。

「えー、そうかな」

「でさ、いま、ちょっとひらめいたんだけど」

長谷川さんが内緒話をするように、声をひそめた。

「なに？」

　つられて声をひそめると、

「うちの姉貴《あねき》、よかったら紹介しようか」

「お姉さん？　なんで？」

「そりゃあ恋人候補としてだよ。相田さんも、お兄さんに恋人でもできたらちょっとは変わるかなって言ってたでしょ。会わせてみるのも手じゃない？」

「お姉さん、彼氏募集中とか？」

「うん、そーなのよ。いま、大学二年なんだけど。来週の日曜、映画に行く予定なの。そこに二人も来たらどうかな」

　長谷川さんのお姉さんは、三年間付き合った人とひと月前に別れたばかりなのだという。それで新しい出会いが欲しいと、うわ言のように繰り返しているのだという。

「もう鬱陶しくてたまんないの。映画だってね、ほんとはその彼氏と行く約束だったんだよ。でも、そういう事情で、私が付き合わされることになったの」

「あら」

　どうも長谷川さんの方も、相当お姉さんに手を焼いているらしい。申し訳ないと思いつつ、笑ってしまった。

「なんか話だけだと、長谷川さんと似てなさそう」

「似てないね。向こうはいかにも女子って感じで、趣味もぜんぜん違うし。観る予定の映画も、ラブストーリーらしいからほんとはイヤなんだけど、奢《おご》るからってきかないの。前売り券、無駄にするのがよっぽど悔しいらしい。だから相田さんたちが来てくれると、すっごい助かるんだけど。それに私も、相田さんのお兄さんに会ってみたい」

長谷川さんが机から身を乗り出して言ってくる。

「でも、兄さんのこと、長谷川さんのお姉さんが気に入るか怪しいな。今風の男の人って感じじゃないよ。はっきり言って、野暮ったいよ」

「そういうのが案外、新鮮で姉貴にはいいかもよ。まあ、会わせてみてダメそうだったら、それできっぱりおしまいってことで。お兄さんだって姉貴を気に入るとは限らないし、そこはお互い様だよ」

ユカリはなおも少し心配だったが、考えてみれば、映画館なんてもうずいぶん行っていない。最後に行ったのは、家族三人、父と義母のサチコさんと行った小五のときだ。兄は東京で一人暮らしをしていたので、そこにはいなかった。もっとも一緒に住んでいたとしても、家族で出かけるのを照れくさがって、兄は来なかっただろうけど。

「映画かあ、ひさしぶりにちょっと行きたいかも」

ユカリが劇場に満ちたポップコーンの香ばしい匂いを思い出しながらつぶやくと、じゃあ決まりだね、と長谷川さんがパチンと指を鳴らした。

＊

（お、カレーの匂い）

暗い夜道を歩きながら、陽一はどこかの家から漂ってくる匂いに、鼻をすんすんさせた。

（ああ、カレーいいなあ、食いたいなあ）

カレーの匂いというのは、なんでこうも人を引き付けるのか。おまけに不思議と懐かしい気持ちになる。なんだか胸の奥がくすぐったくなるような。

どこの家から漏れてくる匂いだろう。うちだったら、うれしいな。そう思いながら玄関の戸をガラガラ開けると、より強いカレーの匂いが廊下の奥からふわりと漂ってきて、お、うちからだった。ラッキー、と陽一は笑みをもらした。

台所に直行すると、ラジオを聴きながら鍋をかきまわしていたユカリが、陽一に気が付き、おかえり、と声をかけてくる。

「今日、早いじゃん」

ラジオからは、昔流行《はや》った歌謡曲が低い音量で流れている。

「うん、珍しく早く上がれた」

陽一は足元にからみついてくる種田さんをつま先でひっくり返しながら、鞄から空の弁当箱を出してユカリに手渡す。もう慣れたもので、どちらも何も言わない。

「毎日、こうだったらいいのにね」

「そうは問屋がおろさない」

陽一は自虐《じぎゃく》的に言ってから、伸びあがるようにして鍋を覗《のぞ》き込んだ。

「今日、カレーだろ？」

「正解。よくわかったね」

「わかるもなにも、家の外まで匂ってきてたし。歩きながら、腹が鳴っちゃったよ」

「それはそれは」

スーツを部屋着に着替え、二人で分担してちゃぶ台に皿を並べる。ほかほかのごはんにカレーをかけ、向かい合って、いただきますをして食べはじめる。陽一は福神漬けを山盛り、ごはんの横にのせた。福神漬けの汁が真っ赤になるほどしみこんだごはんを、頬張るのが好きなのだ。

「美味しい？」

「うん、ウマいよ」

「あのさ、兄さん、次の日曜、映画行かない？」

ユカリは兄がカレーでご機嫌であることを確認してから、切り出した。

「映画？　なんで？」

「なんでって、たまには付き合ってくれてもいいでしょ。兄妹一緒に出かけることなんて、いままでほとんどなかったんだから」

「えー、なんか気持ちわりい」

そんな可愛げのあることを言うヤツだったろうか、と陽一は訝《いぶか》る。

「いいじゃないさぁ」

「なんか観たい映画でもあんの」

「うん、最近ＣＭでやってるやつ。あ、ほら、あれ」

ちょうど映画の予告がテレビで流れていたので、ユカリは言った。ラブストーリーらしく、陽一は、ゲ、つまんなそーと内心思い、却下しようと口を開きかけてから、ふと思い直した。

今日、昼に浦上くんに指摘されたことで、改めて気づかされたことがある。それは、弁当が毎朝、用意されていることのありがたさだ。自分は最近それが当たり前のことだと思い込んでいた。でもそれは、ユカリが毎朝、早起きしてつくってくれているおかげなのだ。ユカリには給食がある。だから自分のためだけに。そしてこうして、夜もオレの食いたいものをつくって待ってくれている。

もしも仕事が終わってくたくたになって帰ってきて、家が真っ暗だったら、とても味気ない気持ちになるだろう。家に明かりが灯っていて、カレーが鍋で温まっていて、朝には好物の卵焼きが入った弁当がある。それは、なんと幸福なことだろう。オレはもう少し、そのことに感謝してもいいんじゃなかろうか。映画くらい付き合ってやっても、罰は当たらないだろう。映画のよいところは、寝ていれば勝手に終わっているところである。

「いいよ、映画」

「ほんと？」

「たまには悪くないんじゃない？　そんな金もかからんし」

「やったね！」

とユカリがガッツポーズして見せた。陽一は、こいつもヘンに大人びたところがあるけど、なんだかんだで、まだ子どももなんだよなあ、と微笑ましく思いながら、おかわりの皿を差し出した。

当日は、いかにも初夏らしい澄んだ水色の空が広がっていた。ちぎれ雲が、ぷかぷか泳いでいく。

ユカリは珍しく、スカートなどを穿《は》いて、髪もきれいにお下げに結い、ずいぶん張り切っている。普段は制服以外ではスカートなど穿かないし、髪だって適当にひとつにまとめているのに。朝食後、二人一緒に仏壇の前できちんと手を合わせてから、家を出た。

謀《はか》られたと気が付いたのは、電車に揺られて隣町の映画館に着いてからだ。家族連れやカップルであふれた劇場前に、ぜんぜん知らない女の子が二人待ち受けていて、すっかりうろたえてしまった。

長谷川さんとそのお姉さんの舞子《まいこ》さん、とユカリは二人をさらりと紹介した。

「あ、どうも。ユカリの兄の陽一です。えーと、妹がいつもお世話になっております」

慌ててたどたどしく挨拶すると、二人に笑われた。特にボーイッシュな妹の方は、

「相田さんのお兄さん、聞いてたとおりのイメージ」

と手を叩いて爆笑している。なんなんだ、これは。

二人ともすでにチケットを購入していたので、とりあえず兄妹だけチケット売り場に向かった。

「あれ、誰よ?」

陽一は列に並びながら、困惑しきって尋ねた。

「え?　いま、紹介したじゃん。長谷川さんとそのお姉さん」

ユカリが呆れたように言った。

「そーいうことじゃなくて」

「じゃあ、なによ?」

「なに、オレたち二人で観るんじゃなかったの?」

「うん、違うよ。二人でって、そんなの気持ち悪いじゃん」

ユカリがしれっと言うので、この野郎、と陽一は歯嚙みした。

「だって兄さん、ほかに女の子が来るなんて知ってたら、絶対来なかったでしょ」

実際それはそのとおりではある。あるけれど。

「まあまあ、ここは妹の顔を立てて、我慢してよ」

ユカリは機嫌を取るように言ってから、

「長谷川さんのお姉さん、きれいな人だねえ」

とニヤニヤした。陽一は久しぶりに妹にプロレス技を思いきり食らわせたくなった。ユカリがチビだったころは、何度も実験台にしたものだった。しかし、こんな混雑した場所でヘッドロックや卍固《まんじがた》めをするわけにもいかず、ぐっとこらえるしかなかった。

だが、たしかに長谷川姉の方は、ちらりと見ただけでも、なかなかかわいらしかった。ゆるいパーマをかけた栗色の髪がきれいだし、白いワンピースの袖から出た二の腕が白くて柔らかそうで、ドキリとする。とはいえ、妹以外の女の子となど久しく話しておらず、話なんてできそうにない。

あー、なにを話せばいいいんだ。陽一が内心で焦っていると、

「最近、三年間付き合ってた恋人と別れたらしいよ。出会いがほしいんだってさあ」

とユカリが余計なことを言って、さらにプレッシャーをかけてくるものだから、なおさら焦った。

結局、映画がはじまるまでお茶をしたカフェでもろくに話すこともできず、映画館に向かうことになった。トイレに行ったふりをして、そのまま逃げようかと一瞬、本気で迷った。

だけどこれが予想に反して面白く、気が付いたら長谷川姉妹が横にいることなど忘れてスクリーンに没頭していた。ラブストーリーと言っても、近未来を舞台にしてサスペンスタッチで進んでいくので、先がどうなるのか、観ていてワクワクする。陽一は新たな展開が起きるたび、一人で「あー」だの「うー」だの小さく唸った。

一方のユカリは、話の展開が早すぎてついていけないのか、「なんでみんな、頭にチップを埋め込まれてるの？」「どうしてあの男の人は追われてるの？」「あの女優さん、あんなでっかい胸してて、重くないのかな」と肩をつっついて質問しては、陽一をうんざりさせた。

映画が終わって外に出ても、まだ陽は高かった。とりあえず、遅めの昼ごはんを食べようということになって、ショッピングセンター内にあるレストラン街へ向かった。

ハイヒールを履いている長谷川姉は、長谷川妹がずんずん速足で歩いていくものだから、

「そんなに速く歩けないわよ」

とおっかない顔で文句を言ったかと思うと、

「陽一さん、どうでした、映画？」

とニッコリ顔で問いかけてきた。いきなり名前で呼ばれたことにあたふたしつつ、

「すげえ面白かったです」

と、どうにか答えた。すると、長谷川姉も同じ感想をもっていたのか、いたく喜び、

「ですよね！　ですよね！　思っていたより、男の人向けの映画だったけど、でもそこがよかった。すっごくハラハラした」

「すっごく」のところに力を込めて言うのが、なんともかわいらしかった。

意外にも、そこから大いに盛り上がった。レストランに入ったあとも、二人で映画の話をした。長谷川姉は、くるくると器用にパスタをフォークに巻き付けてから、口に運ぶ。そういう仕草が、女の子らしくて可愛らしい。笑うと左側にだけえくぼができるのも、また、心をくすぐる。

陽一は、ユカリの罠《わな》にまんまとはまったようで癪《しゃく》だったが、こんなときめきはいつ以来だろうと、浮かれ気分だった。大学時代に付き合っていた子に、あっさりフラれてからというもの、自分には恋愛など縁のないものだ、と思い込んでいた。でもオレは、ただ諦めてしまっていただけなのかもしれない。こんな風に、いきなり出会いが訪れることもあるのだから。

社会人になってからというもの、毎日があっという間に過ぎていき、気づけば一年が経っていたりする。でもオレ、まだ二十五だもんな、ゲームと種田さんにばかり時間を費やしていちゃもったいないよな、とそんなことまで思った。

映画の話が途切れると、長谷川姉は、

「このあいだ、この子から聞かされたんですけど」

と隣の長谷川妹を指して言った。

「陽一さんがユカリちゃんの面倒を見られてるんですって？」

「あ、はい、まあ一応」

「三者面談とかも陽一さんが行くんですか？」

「あーそうですね、そういう日は会社、早退して行きます」

いかにもできる兄を装って、陽一が答えると、

「すごいなあ、フツーできませんよ、そんなこと」

「いやぁ、そんな大したことでは。兄として当然のことですよ、ンハハ」

長谷川姉におだてられて、完全に有頂天になった。

だが、そんな浮かれ調子の陽一を眼光鋭く睨みつけている者がいた。

ユカリは、陽一に対していままさに、ひっそりとムカムカを募らせているところだった。

陽一が楽しげに笑うたび、ユカリのムカムカメーターの水位がぐぐっと上がる。そのことに、おめでたい兄はまったく気づいていなかった。

ユカリのムカムカの正体、それは、要するに嫉妬だった。自分でセッティングしておきながら勝手ではあるが、兄が自分以外の女の子相手に、デレデレしているのが許せない。

せっかく私だってオシャレして来てるのに、まったく気が付かない。「そのスカート、可愛いな」の一言くらいあってもいいじゃないか。

ユカリは、ゲー、なんかブラコンみたいで気持ち悪い、と自分で自分の感情にうんざり

しつつも、やっぱりどうにも面白くないのは変わらない。

「いや～、オレなんてつまんない人間ですよ」

「そんなことないですよ」

陽一が再びだらしない顔で笑った瞬間、ついにユカリのメーターが振り切れ、怒りは頂点に達した。

ユカリはテーブルの下で、陽一の足を厚底のサンダルでギュッと踏みつけた。

陽一は、いきなり足を踏まれて、

「いてっ！」

とたまらず叫んだ。

「どうしました？」

と長谷川姉が丸い目をさらに丸くして驚いた。

「いや、ちょっと古傷が痛みまして」

「古傷、ですか？」

「え、ええ、昔ヤンチャしてたころに、ナイフで背中やられたもんで」

「背中を？」

「卑怯《ひきょう》なヤツらですよ。十人がかりで取り囲んできて、いきなり後ろからズブッと来るんだから」

と必死に誤魔化しながら、なんだ一体、と睨んだが、ユカリは素知らぬ顔で長谷川妹とデザートのアイスを楽しそうに交換しあっている。

何なんだ、マジで。陽一が気を取り直して話に戻ろうとすると、また隣からユカリが足を踏みつけてくる。さすがに二度目は誤魔化しきれないと、陽一はその拷問《ごうもん》に耐えながら、懸命に話を続けた。

どうにか食事も終わり、レストランの会計はそれぞれ家族で払おうと話がまとまったので、陽一はぐったり疲れながらも、自分とユカリの分を払って外に出た。そして、まだ扉の向こうで長谷川姉妹が会計をしているのを確認しつつ、

「なにすんだよ、お前」

とユカリに怒った。

ユカリは、「なにが？」と肩をすくめ、しらばっくれる。レストランに行くまではご機嫌だったのに、いきなりフルスロットルでキレているので、陽一はさっぱりわけがわからなかった。

「なに、なんでキレてるわけ？」

これだから思春期はイヤなんだ、と陽一は思った。

「別に」

「別にじゃねえだろ。人の足、思いっきり踏みやがって」

「フンッ！　自業自得だし」

「はあ？　意味わかんねえ！」

「うっさい！」

「うおっと、食らうか！」

ユカリがヒステリックに爪でひっかいてこようとするのを陽一は避《よ》け、両頬を鷲掴みにしてやった。いつもは澄ましている顔がブサイクになって、実にいい気味だった。

「ふぁなへ、ばくぁ！」

離せ、バカ！　とユカリは叫んだつもりだった。

「謝ったらな」

「たれぐぁ、あひゃまるくぁ」

誰が謝るか、とユカリは言ったのである。

そうして二人が醜い争いを繰り広げていると、長谷川姉が店から出てきた。陽一とユカリはあわてて、笑顔をつくる。

しかし、予想外のことが起きて、二人ともそのまま笑顔を凍り付かせた。

というのも、長谷川姉は何を思ったのか、二人に向かって演歌歌手のように深々とお辞儀すると、くわっと瞳を見開き、そのままレストラン街の通路を勢いよく走って行ってしまったのだ。ハイヒールだから速く歩けないとごねていた人物とは、全くの別人だった。白いワンピースの背中が、あっという間に見えなくなる。

続いて扉から出てきた長谷川妹に、ユカリがぽかんとしながらも、

「長谷川さん、舞子さん、どうしたの？」

と尋ねると、

「ああ、うん」

長谷川さんは決まり悪そうに頭をかきながら、

「いま、会計してるときに電話が来たのよ」

と言った。

「電話？　誰から？」

困惑した顔でユカリが尋ねると、

「別れた彼氏。なんかタイミング悪く、向こうがいまになって謝ってきたらしい。で、飛んでっちゃった。一応止めようとしたんだけど、あの人、ひとつのことしか考えられないから……」

「あー……」

と陽一とユカリはすっかり毒気を抜かれて、間抜けな声を出した。しかしそう聞いて、二人とも妙に納得してしまうところもあった。

あの勇ましい後ろ姿は、いかにも大切な人のもとへ駆けていく感じだった。あの背中を見ただけで、陽一のことなどはなから眼中になかったのが、一瞬で読み取れた。

これから長谷川姉を待ち受けるドラマティックな展開が、二人の目には浮かぶようであった。愛する人のもとに走っていく長谷川姉は、生命力に満ちていた。そんな彼女を責めるような真似は、とてもできそうになかった。それは、自分たち外野が口を挟むべきことではないのだ。

陽一とユカリはボーッとその場に突っ立っていたが、

「なんか、ごめんなさい」

と長谷川さんがすっかり意気消沈して俯《うつむ》いているので、これはまずいと思い、

「え、なにが？　よかったじゃん、彼氏と仲直りできそうで。なあ？」

「う、うん。ずっと落ち込んでたっていうけど、これできっと元気になるね。ね、兄さん？」

「おう、だな！」

「だね、うん！」

二人とも必死になって言った。それでなんとなく、そばにあったゲームセンターで、三人でプリクラを撮ってから帰った。全員、渾身のダブルピースだったが、笑顔はだいぶひきつっていた。

＊

家に帰ってから、ユカリは今日のことを深く反省した。きっと計画の段階から、失敗だったのだ。兄の気持ちなどおかまいなしで、勝手に自分だけ盛り上がって。そのくせいざ兄が女の子と仲良くなったのを見たら、つまらない嫉妬などして、自分はなんてしょうもないヤツだろう、と思った。

その兄はといえば、帰ってくるなり、何も言わず、種田さんを膝に乗せ、背中を丸めてゲームをしている。血がドバッと出る。首がピュンと飛ぶ。陽一は、うへへと暗く笑っていた。兄には幸せになってほしい。誰よりも、本気でそう願っている。こんなはずじゃなかったのに、としょんぼりした。

せめて一言、謝ろうと、

「あの……」

と声をかけても、陽一は返事もしない。

「兄さん?」

陽一はますます背中を丸め、ゲームに没頭する。

結局、その日は夕食のあいだもろくに目を合わせてもくれず、翌朝になった。こんな気まずい空気がずっと続いたんじゃ、たまらない。ユカリは布団の中であれこれ考えた末、弁当でメッセージを伝えることにした。そうすれば、嫌でも兄の目に入るだろう。

そんなユカリの企みなど、陽一はもちろん知らず、不機嫌な顔で弁当を受け取って、いつもどおり駅まで歩き、電車に乗った。

(昨日はさんざんな一日だった……)

職場についてからも、陽一はむっつり気分で午前中をデスクワークに費やした。貴重な休日を早起きさせられ、映画に連れ出され、知らない女の子たちと行動を共にさせられて。おまけになぜかユカリも突然怒りだすし……。

「ああ、思い出しただけで腹が立つ」

そして何より、恥ずかしくてたまらない。自分などまったく眼中にない女の子相手に、あんなに浮かれてしまっていたのが。

（オレ、めっちゃデレデレしてたんだろうな）

しかも、それを妹に全部見られてた。この世で最も見られたくない相手に。思い返すだけでいたたまれなく、

「うわあ」

と一人デスクで身もだえてしまう。昨日はおかげで、恥ずかしくて妹と目を合わせられなかった。

でも、恋人のもとへハイヒールで必死に走っていく長谷川姉の後ろ姿は、ちょっとカッコよかった。痛快で、凜々しくもあった。あんな風に大切な誰かのもとへ、わき目も振らず一直線に走っていけるのが少し羨ましかった。なんだか、よいものを見せてもらった気分だった。

（オレも、あんな覚悟を胸に、いつか、誰かを本気で好きになってみたいものだ）

でも、それはいまでなくていい。自分にはまだまだ早い、と思った。あんな風に、確固とした凜々しさで走っていく自信は、いまはとても持てそうにない。本来、恋愛とは、あのくらいの覚悟できっと挑むべきものなのだ。

お手軽な恋愛が蔓延《まんえん》している世の中でも、それはちゃんと、あるところには存在するのだ。昨日はそれを教えてもらった気がする。

ユカリが大学を卒業して就職して一人前になったら、そのときこそ。それまでは二人と一匹で、のんびり暮らすのも、まあ悪くない。あれ？　それってあと何年先だ？　オレ、そのときもう三十超えてるんじゃないか？　もうオッサンじゃん。

「うーん、それはそれで、まずくないか」

と陽一は、デスクで一人頭を抱えた。

結局なんの解決策も浮かばないまま、昼休憩になった。自分のデスクで条件反射のように弁当箱をパカリと開ける。

すると、白いごはんの上に、

「ゴメン」

と、桜でんぶのピンクでデカデカと書いてあるのが目に飛び込んできて、

「え〜ッ」

そんな悩みなどは、吹き飛んでしまった。おまけにおかずも、エビフライやらミニハンバーグがぎゅうぎゅうにつまって、おそろしいほどの豪華版である。

どうやら、それはユカリからの謝罪の気持ちらしかった。だけどこれは強烈に恥ずかしい。なんとおぞましいものを、つくってくれたのだ。新婚夫婦かよ、オレたちは。陽一は耳たぶまでカアッと赤くなった。

「どうしました？」

いつものようにコンビニ弁当をぶらさげてやってきた浦上くんに不審がられ、陽一は、

「いや、なんでも」

と慌てて弁当にフタをかぶせた。彼に見られたら、またなにやら妙なことを言いだすに違いない。こんなの、拷問じゃないか。これは謝罪などではなく、妹のさらなる嫌がらせなのではないか、そんな疑惑まで浮かぶ。

「なに、なんですか、先輩？」

「なんでもない！」

「なんすか、水臭いっすよ」

浦上くんは、なおもしつこく弁当を覗こうとしてくる。

「いいから、あっち行け」

「え～、ひどい。ぼくにも愛妹弁当、見せて～」

謝罪か、嫌がらせか。どっちだ？　わからない。ああ、これは愛妹弁当というより、曖昧弁当だ。陽一は「ゴメン」と桜でんぶで書かれたごはんを、思春期の男子のようにフタで隠しながら、ヤケクソでかきこんだ。

その三　空色の傘

朝の天気予報どおり、夕方から雨が降り出したので、ユカリは夕食の準備を終えると、陽一を迎えに行くことにした。さきほど仕事を終えて電車に乗ったとメールが届いたところなので、いま出れば、ちょうど会えるはずだ。

梅雨《つゆ》になり、朝は降っていなくても午後から雨になる日も多い。傘を持っていけと出がけに必ず言うのに、兄はしょっちゅう忘れていく。というより、あえて持っていかないようにしているフシがある。それで玄関に紳士用のチェック柄の傘が、いつも悲しげにポツンと残されている。

前に、なんで持っていかないの、とユカリが呆れると、

「持っていかないで帰りに降ってなかったら、傘を邪魔そうにぶら下げて歩いてる人を見て、なんか勝ったって気になれる」

と子どもみたいに言っていた。

でもいまは、梅雨なので、大抵雨はちゃんと降る。今日もやはり陽一は勝負に負けた。それで迎えに行かないと、コンビニで傘を買ってきてしまう。おかげで、家には一度使ったきりのビニール傘が大量に余っている。玄関の収納棚を開けるたび、雪崩《なだれ》が起きるので、うんざりだった。

「種田さんは留守番ね」

仏間の畳の上でひっくり返っている種田さんをひと撫でし、音もなく小雨《こさめ》が降る住宅街を、自分の傘をさし、てくてく歩いていく。春の空のようなさわやかな水色の傘で、内側にはたなびく雲も描かれている。

すぐに帰ってくるつもりなので、家の明かりはつけっぱなしにしておいた。振り返ると、二階の窓から黄色い光がもれていて、なんとなくユカリは明るい気持ちになる。

大通りの方から、車が水しぶきを盛大にあげながら走っていく音が聞こえてくる。駅の方からやってくる人たちは、それぞれいろんな色の傘をさしているが、俯き加減で速足なのは一緒だ。

コンビニと銀行しかない駅前に着くと、改札を出たところに陽一の姿を見つけた。ひょろひょろと背が高いので、実によく目立つ。通勤鞄を手に、呆けた顔で暗い空を見上げていて、その顔が哀《あわ》れを誘った。

「おーい」

ユカリが手を振ると、やっとこちらに気がついて、水たまりをピョンと飛び越えて、駆け寄ってきた。

「なんだ、迎えに来たのか」

「見てのとおり」

ユカリが手にした傘を持ち上げると、

「こんな時間に危ないじゃないか」

いまのご時世、なにがあるかわかったもんじゃないんだぞ、と陽一が顔をしかめて偉そうに言ってくる。

「明るい道、歩いてきたから平気だし」

「いや、でもなあ……」

「そもそも兄さんが傘を持って出れば、迎えになんてこないで済むんだよ」

「傘くらいコンビニで買うよ」

「だから、それを阻止するために来たんだよ！」

ユカリはフンッと不機嫌に傘を押し付けた。ちょっとくらい感謝しろ、という気分だった。

「わかったから、怒んなよ。おっかねえなあ」

「怒ってないよ。こんなことくらいで怒ってたら、兄さんと暮らしていけないもん」

「うわぁ、感じワルイ」

駐輪場の入り口には、紫陽花《あじさい》の花が咲いていた。雨に濡れて光り、美しい。

陽一が「まあ、サンキュな」と言いながら、隣でパンっと威勢のよい音をさせて、傘を開く。まるでこっちでも大きな花が咲いたようだ。

この世界では、生きているだけで、こんな風にときどきはっと息を飲むような美しい瞬間に出会うことがある。隣で傘をさす兄に、それを伝えたいと思ったが、どう説明すればいいのかわからず、下手をするとバカにされそうな気もしたので、黙っておくことにした。

駅まで歩いているあいだに、あたりはすっかり暗くなってしまった。早く帰ろう、とユカリがきびきび歩き出し、陽一がひょこひょこあとを追いかける。こんな雨の夜に出歩く人は少ないのか、駅前通りを抜けてしまうと、まったく誰ともすれ違わない。まだ八時前なのに、町は眠りについてしまったように、しんとして、ただ雨だけが降っている。

「今日の飯、なに？」

「鶏の照り焼きステーキ」

甘辛い醤油だれで焼く鶏のステーキは、ユカリの得意料理のひとつだ。

「ああ、いいねえ」

あまりに世界が静かなので二人も自然と小声で話していると、急に陽一が立ち止まった。何事だとユカリが視線を追うと、すでに店じまいをした薬屋の屋根の下に男の子がいるのが目に入った。小学校三年生くらいに見えた。

小さな子が一人で出歩くには、もう遅い時間だ。表情までは暗くて見えないが、肩をすぼめて心細そうに立っている。

陽一が無言でそっちに歩き出したので、ユカリはその場にとどまって、しばらく様子をうかがった。

だが陽一は、チラチラと横目で見ながらも、男の子の前を素通りして、そのままくるりとUターンして戻ってきてしまった。

「なにやってんの？」

わけがわからず聞くと、

「おまえこそ、なんでついてこないんだよ」

と、陽一はやたら焦っていた。

「そっち、家の方向じゃないもん。なに、あの子に声、かけようとしたんじゃないの」

「したよ。でもほら、なんて声かけりゃいいかわかんないじゃん」

「なにやってんの。逆に怖がらせてどうすんの」

「おまえが後ろから来てると思ったんだよ」

陽一はそう言って、なんでついてこないかなあ、とぶつぶつ文句を言った。

なんだかなあ、この人は。変なところで気が小さい。だったら放っておけばいいのに、性格的にそれもできない。

ユカリは呆れつつ、一人さみしく雨宿りしている少年のところまで歩いていった。陽一ものろのろ後ろをついてくる。

「どうしたの？」

ユカリが尋ねると、男の子は怯《おび》えたように肩をびくりとさせてから、顔を上げた。

「ごめん、ちょっと気になったから、声かけただけなんだ」

「え、あ、はい」

男の子は、ユカリの後ろに控えた陽一を気にしているようだった。

「大丈夫、この人、別に怪しい人じゃないから。これでも私の兄なの」

「これでもって、どういう意味だよ？」

陽一が語尾をあげて不満そうな声で言うと、男の子は少し安心したようだった。ユカリもそれでホッとした。

「傘、ないんだ？」

男の子がコクンと頷いて、シャッターのしまった店が続く通りを指さした。

「あっちの本屋さんで立ち読みしてたら、とられちゃった」

「えー」

陽一とユカリは揃って、気の抜けた声をあげた。

男の子は、ちょっと前まで数軒先の本屋にいたそうだ。出ようとしたら誰かが傘を持って行ってしまったらしく、屋根伝いに薬屋まで来たが、この先はもう屋根がない。それで困っていたらしい。

ユカリが家はどのあたりかと訊くと、男の子は一駅先の名前を口にした。子どもの足なら、きっと二十分以上はかかるだろう。近くで見ると、ずいぶん薄着で、Tシャツの肩のあたりは濡れて肌が透けていた。

どうして雨の中、そんな薄着で出てきたのか、親は迎えに来ないのか。いろいろ聞いてみた方がいいのかもしれないが、それはそれで余計なお節介な気もした。なのでユカリは、

「これ」

と自分の空色の傘を少年に差し出した。

「えっ？」

「使って」

「でも……」

「傘、二つあるから、こっちは君が持ってくといいよ」

男の子はなんだか事態がうまく呑み込めていないという顔だった。通りすがりに声をかけてきて、傘を持って行け、と言う。赤の他人がどうしてそんなことをしてくれるのだろう、と腑《ふ》に落ちない顔だった。

結局、男の子はためらいながらも、ユカリが差し出した傘を大人しく受け取った。兄妹が屋根の下で見守っていると、やがて歩き出し、すぐに雨の景色に消えてしまった。

少年が見えなくなってしまうと、

「こっちの傘、渡せばよかったじゃん」

と陽一が自分の手にしている傘を指さした。

「だって、それ、男の人用じゃない。あの子じゃ無理だよ」

「でもあれ、おふくろの傘だろ?」

陽一が遠慮がちに言う。ユカリがその傘をずっと大事に使っていたのを、陽一は知っていたからだ。

その傘は、死んでしまった陽一の母、つまりユカリにとっては義母であるサチコさんのお気に入りの傘だった。形見と呼ぶには、少し大げさだ。家の中には、ごくふつうに父やサチコさんが遺したものがあふれている。マトリョーシカ式のラジオ、分厚い木のまな板、底が焦げ付いた薬缶《やかん》、深い茶色の茶簞笥《だんす》、食器や急須。みんな、そうだ。それらは、二人だけで暮らすようになって新しく入ってきたものたちと、混在し、暮らしの中に溶け込んでいる。

傘もまた、そういうもののひとつだ。

「まずかったかな?」

「いや、オレは別にいいけど」

「そう?」

「少なくとも、あの子の役には立ったんじゃない?」

陽一が笑うと、ユカリはどこか誇らしげな表情で、

「傘はどうしたって、傘でしかないもん。いま、一番あの傘を必要としてたのは、あの子だもんね。サチコさんなら、たぶんそう言うんじゃないかな。道具なんて大切に保管しておくんじゃなくて、使ってナンボでしょって」

そんなことを言った。

「あー、まあそうかもね」

陽一は、感心したように頷いて、ユカリの横顔を見た。たしかにおふくろならそう言うだろう、とそんな風に思った。母は、とてもキッパリした人だった。優しいというのとはまた違い、その場に必要なことをすぐに決断して、もうそれ以上は悩まない。二人きりで暮らしていたころから、それはずっと変わらなかった。陽一が反抗期だったころも、やっぱりそうで、陽一はそのころはそんな母を鬱陶《うっとう》しく思うこともあった。母の偉大さに気づいたのは、再婚してユカリたちと暮らすようになってからだ。自分よりも、ユカリの方がその母に似てきているというのは、奇妙でもあり、そして頼もしくもあった。陽一はしみじみと、親が子どもの成長を目にしたときのような思いだったが、ユカリにはどう見ても、ただニヤついているようにしか見えなかった。

「で、オレたちはどうすんの？」

雨はますます激しくなってきていた。だけど、手元に傘はひとつしかない。

「走るっきゃないね」

ユカリがそう言うと、陽一は、ああ、やっぱりね、とため息をついた。

二人で陽一の傘に入り、いちにのさんで、勢いよく雨の中に飛び出す。水たまりを跳ねあげながら、家を目指して走った。

「なんでこうなるかなぁ！」

陽一は息を切らしながら、恨みごとを言った。

「もとはといえば、そっちがあの子に声をかけたんだからね！　私のせいじゃないよ！」

ユカリも息を切らしながら、ヤケ気味に答えた。

雨の中をひた走り、明かりの灯った我が家が見えてくると、ホッとした。ユカリは明かりをつけっぱなしで出て、正解だったと思う。灯台の光に導かれるように、二人は走った。


家に着くと、二人とも頭以外はびしょ濡れで、体からもわもわと湯気が上がっていた。夕飯はあとまわしにして、ユカリは陽一に先に風呂に入るように言い、陽一が出たあと、自分もすぐにあとに続いた。

ヒノキの湯の素でトロトロになった熱い湯に肩までつかって、生き返ったと吐息をつき、あの男の子は無事に帰れただろうか、と考えた。もちろん住所も名前も聞かなかったので、知りようもない。

天気予報によると、明日からもしばらく長雨が続くらしい。ビニール傘が山ほどあるので、困りはしないが、やはり気分が違う。こんなじめじめとした日々でも、あの傘の下だけは気持ちの良い青空があったのに。

あの空色の傘がないと、テンション下がるなあ。

兄の手前、傘は傘だもん、などとカッコつけてしまったけれど、本当はあの傘をとても気に入っていた。

（ああ、私の空色の傘……）

ユカリは湯船に肩までつかりながら、いまさら後悔した。

＊

日曜日、陽一が茶の間で昼寝していると、呼び鈴がけたたましい音で鳴って、飛び起きた。ちょうどユカリが〈ロッキー・マート〉へ買い物に出てしまったところだったので、面倒くさがりながらも出ると、長谷川さんだった。

「こんちは」

「ああ、こんちは」

「ユカリ、います?」

「いま、出てる。近くのスーパーだから、すぐ帰ってくると思うよ」

「じゃあ、待たせてもらうとするか」

長谷川さんはそう言って、返事も待たずに、家に入ってきた。一緒に映画に行ってからというもの、長谷川さんは学校帰りや休日に相田家に遊びに来る。「相田さん」と呼んでいたのが、いつの間にか名前呼びになっている。いままでユカリが友だちを家に連れてくることなどほとんどなく、あいつ、友だちいないのかな、とひそかに心配していたので、陽一は内心、喜んでいた。

「来るなら、連絡してからくりゃいいじゃん」

長谷川さんはいつも予告なしに現れる。

「でも、日曜ならどっちかは家に絶対いるじゃないですか」

長谷川さんは、相田家を妙に気に入っているようだった。

「まあ、そうだけど」

「ところで、寝てましたね？」

「え、なんでわかるの？」

「畳のあと、すごいですよ」

長谷川さんに笑われて、慌てて頬をさすると、「反対」とまた笑われた。

陽一が麦茶を出してやると、長谷川さんは美味そうに一気に飲み干した。もう一杯ついでやると、またぐいっと飲み干す。面白いのでもう一杯つごうとすると、手でコップにフタをして阻止されてしまった。しかたなく陽一もちゃぶ台をはさんで、向かいに座った。

窓の外は、昼間なのに薄暗く、いまにも雨が降り出しそうだった。ユカリはちゃんと傘を持っていただろうか。でもあいつは自分とは違ってしっかり者だし、持って行ってるに決まってるよな、と思い直した。

「お兄さん、ゲームの方は順調ですか？」

長谷川さんは、陽一のことを当然のようにお兄さんと呼ぶ。陽一にはそれが少しくすぐったい。長谷川さんはけっこうゲーム好きらしく、陽一とは話が合う。逆に言うと、二人の共通の話題といえばそれしかない。

「いや、挫折《ざせつ》しちゃった」

「ダメじゃないですか」

「だって、あのゲーム、めちゃめちゃ長いんだよ。いくらやってもクリアできる気がしない。社会人にはね、そんなに自由な時間はないのだよ。あれは悪魔のゲームだ。長谷川さん、やりたいなら、あの悪魔、引き取ってくれていいよ」

「いえ、私も一応今年は受験なんで。そんな悪魔はいりません。てか、押し付けないでください」

「あー、そうか、君たちは受験生なのか」

陽一はユカリもそうだったということを、すっかり忘れていた。長谷川さん同様、ユカりも中学三年なので、当然高校受験を控えているのだった。

「忘れてたんですか、お兄さん、ユカリの保護者でしょ」

「だってあいつ、そういう話、ぜんぜんしないんだもん。塾も必要ないって言うし」

「ダメじゃないですか、ちゃんと見ててあげないと」

長谷川さんにダメ出しされてしまい、陽一は、

「はあ。すみません」

と頭をかいた。

「ユカリは、お兄さんにあまり心配かけたくないって思ってるんですよ。あの子のそういう気づかい屋の性格、お兄さんが一番知ってるでしょ。そんなんじゃ、ユカリの友人として心配になります」

なんだか長谷川さんの方が、ユカリの保護者のようである。

「はい、気をつけます」

陽一はとりあえず、もう一度謝っておいた。

そうしているうち、ガラガラと玄関扉が開く音が聞こえた。ユカリが帰ってきたらしい。

種田さんが、出迎えのために玄関まで駆けていく。種田さんはいつまで経っても、長谷川さんに心を開こうとしない。「あら〜、種田さん、迎えに来てくれたの〜。エライでちゅ

ね～。世界一可愛いでちゅね～」と、不気味な猫なで声が玄関から聞こえてくる。

「君の前じゃクールぶってるみたいだけど――」

陽一は重々しい声で言った。

「あれがヤツの本性だよ」

長谷川さんも重々しく、なるほど、と頷いた。

「あ、ハセっち、いらっしゃい」

両手に重たそうなスーパーの袋をさげて、ユカリが茶の間に入ってきた。全部聞かれていたなどとは夢にも思っていない、いつもの澄まし顔だった。なので、陽一と長谷川さんも気づかなかった振りをした。

「いま、お兄さんと親交を深めてたところ」

長谷川さんがニヤニヤして言うと、

「えー、なんか気持ち悪い」

とユカリは冷蔵庫に食料品をつめこみながら、顔をしかめた。

それからユカリたちは、小鳥のようにピーピーさえずっていた。すらりと線が細く長身の二人は、そうしているとまるで姉妹のようだった。あるべき場所にでっぱりがないところまで、似ている。陽一は、ぺったんこズと二人にこっそりコンビ名をつけている。

やがてぺったんこズは期末試験の勉強のため図書館に行く、と出かけていった。「あんまり遅くなるなよ」と一応兄らしく声をかけると、「遅くなったことなんてないでしょ」とビニール傘を手にしたユカリから実につれない返事がかえってきた。

二人がいなくなってしまうと、さっきまで騒がしかったこともあり、家の中は急にしんとした。窓の外では、目をこらさないと降っているのかもわからない霧のような雨が、音もなく降っている。風もなく、庭の植物たちは、ただじっと雨に濡れている。陽一は途端に暇になり、かといってまた昼寝するのもどうかと思い、しばらく種田さんを撫でまわしながらぼんやりしていた。湿気のせいで、種田さんの毛もしっとり湿っていた。

ふいにまた、ピンポーンとバカでかい音が部屋に響いた。今日はよく客が来るなぁ、と思いながら玄関に行くと、磨りガラス越しにずいぶん背の低い人影が見えた。

なんだなんだ、と思い、引き戸を開けると、小学五年生くらいの知らない女の子が立っていたので、余計に驚いた。

「ここ、相田ユカリさんのお宅ですか？」

と女の子は物怖じしないハキハキした声で言った。長い髪の毛をツインテールにして、胸元にリボンのついたワンピースを着た、利発そうな子だった。

「そうだけど？」

陽一が答えると、女の子は「やっぱり！」とはしゃいだ声を出した。

「ユカリになにか用？」

「えっと、用があるのは私じゃなくてー」

女の子はそう言うと、後ろを向いて、「ほら、ムサシ！　おいで！」と大声で叫んだ。

すると、門扉の陰から小さな男の子がおずおずと顔を出した。

「ぐずぐずしないの！」

女の子は強気にそう言って、ムサシと呼ばれた男の子の背中を押した。男の子は「痛いよ！」と抗議しながらも、陽一の前に出されて、上目づかいでお辞儀した。その上目づかいのつぶらな瞳に、見覚えがあった。

「あれ、君、このあいだの傘の子？」

「はい」

とその子が頷いた。この子たち、なんでうちがわかったのだろう、と不思議だったが、とにかく傘を返しに来てくれたようだ。

「で、傘は？」

「あ、はい、それが……」

と男の子は言って、口ごもった。

「あれ、持ってきてくれたんじゃないの」

男の子に尋ねると、代わりにずいっと女の子が前に出て、

「そのへんも事情がありまして」

と言う。

「はあ」

「ユカリさんはいないんですか?」

「ああ、いま出てるんだ」

「そっかぁ」

女の子は残念そうに言った。陽一は退屈していたこともあり、

「話ならオレが聞くけど。あ、オレ、ちなみにユカリの兄ね」

と言うと、

「知ってます。話は全部、この子に聞いてますから」

と女の子は、当然でしょう、という顔で胸を張った。

「ああ、そうですか」

陽一はぽりぽり頭をかいた。なんだか今日は年下に叱られてばかりいる。

雨も降っているし、とりあえず家に上がってもらうことにした。二人とも大人しく玄関を上がり、女の子の方は古い木造の家が珍しいからか、興味津々と言った様子で周囲を見回し、木彫りの熊や柱の古い傷を指で撫でたりしている。後ろからついてきた男の子は、廊下がみしりと軋《きし》むと、驚いて足を引っ込めた。「いや、平気だから」と陽一が苦笑すると、やっとふつうに歩いた。

ちゃぶ台の前に向かい合って座り、陽一が二人の様子から察して、

「君たちは姉弟なの？」

と尋ねると、女の子が激しく首を横に振った。

「同級生です」

女の子は、二人とも小学五年生だと言った。そして、こっちは宮田ムサシ、私は小林マリエです、と名前を名乗った。

「でもムサシがチビだから、一緒に歩いてるとしょっちゅう姉弟だと間違われます。すっごいイヤなんですけど」

マリエが憤然と言うので、陽一はコップに麦茶を注ぎながら、「あっそう」とたじろいだ。

「腐れ縁ってやつです。同じマンションに住んでて、生まれたころからずっと一緒で」

「へえ」

まだ腐るほどの縁でもない気もするが、幼馴染のよしみで、いつもマリエが大人しいムサシの世話を焼いてやっているらしい。ムサシはマリエが話しているあいだも、ずっと隣で肩をすぼめて正座している。

「このあいだは、ムサシがお世話になったみたいで、ありがとうございました」

大人のように丁寧な口調で、マリエが言う。

「いえいえ、どういたしまして」

陽一の方が、あわててしまう。

「この子の家、離婚してお母さんと二人で、いつもそのお母さんも仕事で遅いんです。だからたまにうちにご飯誘ってるんです。それであの夜も誘いに行ったら、ムサシが家にいないもんだから、心配でマンションの前で待ってたんです。そしたら、だいぶ遅くなって、帰ってきて。で、どうしたのって聞いたら、傘とられて困っていたら、親切な人が貸してくれたって言うじゃないですか」

マリエは一人でマシンガンのように話した。

「ひどいと思いません？　雨が降ってるのに、人の傘、持ってくなんて。しかも子どものですよ。でも貸してくれた人がいるとも聞いて、ああ、世の中、親切な人もいるんだなあって感心もして。でもムサシったら、名前も連絡先も聞いてないって言うじゃないですか。えー、フッーちゃんとそのくらい聞いておかなきゃダメでしょ、って私は怒ったわけです。だって借りたんだから、返すのが当たり前じゃないですか、人として」

「はあ」

「そしたら、傘にクラスと名前が書いてあるじゃないですか。素敵な傘だし、特別なものだったんだろうなって、ますます思って」

〈三―二　相田ユカリ〉と柄の部分に記されていたのだそうだ。

「あ、そうなの？」

「あ、知りませんでした？　あったンですよ、名前。テープできれいに貼り付けて。で、これを手がかりにするしかないって思いまして。ムサシに聞くと、中学生くらいに見えたって言うから、じゃあと思って、次の日、一番近い中学に『三年二組に相田ユカリさんって、生徒さんはいませんか』って聞いたわけです」

「なるほど」

「最初は個人情報って言うんですか、そういうのは教えられないって言われちゃいまして。でも、ちゃんと事情を話して、こっちも住所と名前言ったら、渋々ですけど教えてくれて。泣き真似がきいたんだと思う。私、泣き真似はものすごーく得意なんです」

「なるほど」

マリエはまるで難解な謎を解いてみせた探偵のように、得意そうだった。陽一もずいぶんと行動力のある子だと感心した。このくらいの年だとやっぱり女の子の方が圧倒的にしっかりしている。

「で、日曜の今日、教えてもらった住所を頼りにやってきたんです。そしたら、ビンゴ！ってなわけです」

マリエは「ビンゴ！」と言うとき、とてもはしゃいだ声を出した。そういうところは、ちゃんと子どもだった。

しかし肝心の傘は一体どうしたのだろう、と陽一が首をひねると、

「そこですよ」

とマリエは身を乗り出しながら眉をひそめ、ムサシをきつく睨んだ。

「今日、一緒にマンションを出るときに、ムサシが当然傘を持ってくるはずじゃないですか。だけど、この子、傘持ってないんですよ。で、どうしたのよって訊いたら、傘をなくしたって言うんですよ、この子ったら。えーって、私、呆れちゃって。昨日コンビニに行った帰りに、忘れてきたって言うから、慌てて探しに行ったんですけど、見つからなくて」

　ムサシが申し訳なさそうに、縮こまった。

「だから、せめてお礼とお詫びだけでもと思いまして」

　マリエが促すように隣のムサシを小突く。するとムサシが、

「ごめんなさい……」

　と消え入りそうな声を出した。

「ほんと、私からも謝ります。どうもすみません」

　小学生二人に頭を下げられ、陽一は面食らった。

「いや、いいよいいよ。元から返ってくるのを期待してたわけじゃないし。なくしちゃったものは、仕方ないよ。ムサシくんもマリエちゃんも、わざわざありがとね」

　陽一が精一杯の愛想を込めて言うと、ようやく気が済んだのか、二人とも顔を上げた。

　一気に喋ったら喉が渇いちゃった、とマリエが言うので、陽一は空になったコップに麦茶を注いでやった。

　マリエはぷはーと勢いよく飲み干すと、

「あー、すっきりした」

　と肩の荷が下りたという声を出した。それでもムサシが傘をなくしてしまったのが納得いかないらしく、

「まったく、ムサシったらしょうがない子なんだから」

と、まだぐちぐち言っている。

「こんなだから、学校でも男子たちにからかわれて大変なんですよ。『ムサシなんて強そうな名前のくせに、弱っちい』って。お父さんが歴史好きだったんですよ、それで宮本武蔵みたいに強くなってほしいって、名づけたんですって。なのに、そのお父さんは、ムサシが幼稚園のときに女の人つくって出ていっちゃった」

「マリエちゃんってば……」

とムサシがそんなことまで言わないでよ、とマリエの袖を引っ張る。マリエはあわてて、

「あ、ごめん、ごめん」と手で口を押さえた。

「ごめん、ムサシ。ちょっと話しすぎた」

「もう……。ボクの家のことは、いま、関係ないでしょ」

「でもあんたが話さないのがいけないのよ。だから私がムサシの二倍話さなきゃいけなくなるんだから」

「誰も頼んでないよ。今日だって、ほんとはボク一人で来れたのに」

ムサシはムサシで、男としてのプライドがあるらしい。マリエに世話を焼かれっぱなしなのは、嬉しくないようだ。

「ウソだね。私がいなかったら、ぜーったいここまで来れなかったよ」

「来れたもん」

「無理だね。ムサシは私がいないと、なんもできないんだから」

「マリエちゃんがいなくたって、平気だよ！」

「じゃあ、もう助けてやんないからね！」

「まあまあ」

陽一がとりなすと、二人はそこがよその家であることを思い出したのか、

「すみません……」

と声を揃えて謝った。陽一は思わず笑ってしまった。子どもには子どもの世界がちゃんとあって、そのことが微笑ましい。

マリエみたいな子、クラスに一人はいたよなあ。陽一は、子どものころを懐かしく思った。根っからの世話焼きタイプだ。きっとクラスでは学級委員でもしているのだろう。そして、隣で肩をすぼめるムサシ。こういう大人しい子も、やっぱりクラスに一人はいた。というよりも、自分がまさにムサシのような子だった。貧弱で、気弱で、よくクラスの子たちにからかわれた。家庭環境まで似ている。陽一の実父は、ごくふつうの勤め人だったが、職場の後輩の女にのめりこみ、家庭を捨てた。陽一が小学三年生のことだ。一年後に

は女にあっさり捨てられて復縁を迫ってきたが、母はそれを断固拒否し、一人で陽一を育て上げた。母が仕事で帰ってこない夜は、長くて、とても孤独だった。おかげで陽一は、ずいぶんひねくれた子どもになってしまった。もしも、あのころの自分にもマリエのような幼馴染がいたら。きっとそれはそれで鬱陶しいだろうけど、大きな助けになったに違いない。そう思うと、なんだかムサシが羨ましい。

柱時計がボーンと鳴って、四時を告げた。あまり遅くなってもまずいだろう、と陽一は二人を帰らせることにした。

「じゃあ、失礼します」

とマリエはさっさと傘をさして出て行ったのに対し、ムサシはなぜか玄関口で立ち止まった。

「あの……」

と、まだなにか話したいことがある様子だった。

「なに、どした?」

しばらく待ってみたが、ムサシはなかなか口を開こうとせず、通りからじれたようにマリエが「なにやってんのー？　行くよー」と大声で呼んでくる。

結局、ムサシは「やっぱりいいです」と言い、マリエのところへ走って行ってしまった。

少し妙に思ったものの、再び昼寝して起きたときには、そんなことはきれいさっぱり忘れていた。

陽が落ちてあたりもだいぶ暗くなり、ユカリが帰ってきた。陽一がムサシとマリエの訪問を伝えると、ユカリは「えッ」と目をまんまるにした。

「わざわざ？」

「お前、傘にちゃっかり名前書いてたんだろ」

自分でも忘れていたようで、ああ、そういえば、と言った。

「えー、そんなつもりじゃなかったのに。それより兄さん、ちゃんと対応したんでしょうね？」

怪しむ顔で見てくるので、陽一は失礼なヤツ、とムッとした。手ぬかりなく、ちゃんとお茶まで出してやったというのに。

でも傘は結局なくしてしまったらしい、と聞くと、

「なんだあ」

といかにも残念そうな声を出した。やっぱり気にしてたんじゃん、と陽一はおかしかった。それでもユカリはすぐに持ち直し、

「でも来てくれたのは、嬉しいね。お礼を言うためにわざわざ探して謝りにまで来てくれ

るなんてフツーできないよね。いい子たちだなあ」

となんだかんだと嬉しそうに鼻唄などを歌い、夕飯の準備をはじめた。ユカリは気持ちの切り替えが妙に早い。

「しっかしムサシくんもマリエちゃんの尻に敷かれっぱなしで、将来が危ぶまれるなあ」

と陽一が茶の間でつぶやくと、ちゃっかり夕飯を食べに来ていた長谷川さんが、

「同類、相憐れむというやつですか」

とニヤニヤした。

「は？　オレは尻に敷かれてなんてないし。面倒見てるのは、オレだし」

憤慨《ふんがい》すると、

「自覚がないってのは、おそろしいことですね」

と長谷川さんがさらにいやらしい笑みを浮かべる。まったくこいつらときたら。

「ぺったんこズめ」

と忌々しくつぶやき、仰向けに転がると、

「いま、なんか言いました？」「いま、なんか言った？」

二人に睨まれて、

「いや、なんでもありません」

陽一はあわてて口をつぐんだ。

＊

翌週の日曜日も、やはり雨だった。仕事で外回りが多い陽一は、気だるい一週間を過ごした。

部屋の中から庭を眺めながら、一体梅雨はいつ終わるんだとうんざりだったが、この雨が上がればしばらく晴れ間が続くとテレビで言っているのを聞いて、心底ホッとした。梅雨明け宣言自体はまだ先、とのことだったが。いずれにせよ、今日一日が雨なのはなにも変わりなく、ユカリは例によって昼から図書館に出かけてしまったので、暇を持て余していた。別に晴れていたからといって、出かける予定もないのだが。

「今年は織姫と彦星は、会えそうにないですねえ」

テレビではお天気お姉さんが、悲しげな顔をつくって言っている。

「ああ、そうか、今日は七夕《たなばた》か」

壁のカレンダーを見て、つぶやいた。たしかにこの天気では、悲劇の恋人たちの一年越しの逢瀬《おうせ》は叶いそうにない。織姫と彦星が会えないのは特別気の毒とも思わなかったが、色白のお天気お姉さんが眉を八の字にして嘆《なげ》いているのには、ちょっと興奮した。

いま、ユカリは家にいない。いまこそオレの秘蔵コレクションの出番なのでは。いそいそと二階にある自分の部屋の押し入れを開け、ダンボールのエロＤＶＤの中からコスプレものを探していると、呼び鈴が鳴り、陽一は飛び上がった。前々から思っていたが、この家の呼び鈴はどうも音量がでかすぎて心臓に悪い。腹を立てながら出てみると、ムサシが玄関口にいた。

「あれ、ムサシ」

陽一は、きょときょととあたりを見回した。

「一人？　マリエは？」

「今日は一人です」

「あ、そーなんだ」

「急に来てご迷惑でしたか？」

ムサシに真面目な顔で尋ねられ、まさかエロＤＶＤを漁《あさ》っていたと言うわけにもいかず、バツの悪さも手伝って、「いや、超、暇だった。よく来てくれたねぇ、嬉しいなぁ」と不自然なくらい歓迎してしまった。

ムサシはホッとしたように息を吐き、何か細長いものをこちらに差し出してきた。

「あのう、これ……」

「うん？」

「傘……」

それが見覚えのある傘だったので、陽一は目を丸くした。

「あれ、なくしたんじゃなかったの？」

受け取って近くで見ると、たしかにユカリの傘だ。

「見つかったんだ？」

ムサシは、風呂に無理やり入れられた犬みたいにぶるぶると首を横に振った。

「ほんとは、持ってたから」

「へ？　どういうこと？」

陽一には意味がわからない。

「ほんとは、家にちゃんとあったんです」

「え、だってこのあいだは……」

「ウソついちゃいました」

「ウソ？」

どうして、なくしたなんてウソをムサシがついたのか、陽一にはさっぱりわからなかった。でもそういえば、ムサシが帰りがけに何かを話したがっている様子だったのをふと思い出した。なにか事情があると見える。

　空には雨雲が渦巻いていて、昼間なのに夜のように暗かった。

「まあ、立ち話もなんだし、入りなよ」

　このあいだと同じように陽一が招き入れると、ムサシは「すみません」と恐縮しながら中に入ってきた。

　しかし、上がったのはいいものの、ムサシは一向に話し出そうとしない。間が持たなかったので、「アーモンド、食べる？」と訊いてみたが、「いいです」とすげなく断られた。

「そう？　じゃあ、ゲームでもする？　18禁のゲームしかないけど」

「いや、大丈夫です」

　ムサシは座布団の上できちんと正座している。通訳のマリエがいないと、話が何も進まない。だけど一人で来たということは、マリエには聞かれたくない話なのだろう。そのくらいは、陽一だって察することができる。

　しかたなく、向かいに正座した。

「で、なんでなくしたなんてウソついたわけ？　あ、ひょっとしてあの傘が気に入っちゃって、返したくなくなっちゃったとか」

「いえ、そういうんじゃないです」

事情だけ聞いてさっさと帰らせて二階に戻ろうと目論んでいたが、どうやらことは、そう単純でもないらしい。

「じゃ、なんなのさ」

陽一がじれて尋ねると、

「ほんとは、あの夜、傘持ってたんです」

「ん？　あの夜って、オレとユカリが薬屋の下で君に声かけたときのこと？」

「はい」

「だって、手ぶらじゃなかったっけ？」

「リュックの中に折り畳み傘が」

「じゃあ、本屋で立ち読みしてたら、取られたっていうのも……」

「ウソです」

正座のまま、泣きそうな声で言った。

「え～ッ」

では、あの夜、ユカリと二人、ずぶ濡れになりながら帰ったのは、一体なんだったのだろう。あれはまったくの無意味だったのか。そりゃないよ、と思った。

陽一が絶句していると、

「ほんとうにごめんなさい」

ムサシが絞り出すように言って、頭を下げた。

陽一はショックをごまかそうと、あはは、と力なく笑った。

「陽一さんは、ユカリさんと二人でここに住んでるんですか」

「そうだけど」

正確に言えば、種田さんを合わせて二人と一匹ではあるけれど。しかしその種田さんは、子どもが嫌いなので、ムサシを見た瞬間に二階に逃げてしまった。

「ずっと？」

「ずっとってほどじゃないけどね。前は両親もいたから」

「いまはいないんですか」

「うん」

「どうして？」

「まあいろいろ事情があって」

仏間の襖《ふすま》を閉めておいてよかったと思いつつ、曖昧《あいまい》に答えると、

「うちは母と二人です」

ムサシは聞いてもいないのに、自分の家庭環境について話し出した。

「ボクが小一のときに離婚して、それでそれからずっと。お父さんはボクにムサシなんてカッコいい名前つけておいて、女の人のところに行っちゃった」

「それはまあ、なんとも」

そういえば、前にマリエがそんなことを話していた。

「母は仕事が忙しくて、ほとんど家にいません。夕飯もいつも一人です」

「でも、お母さんは、ムサシくんのために仕事がんばってるわけでしょ？」

「そう思えたらいいけど……。でも、ときどき誰もいないガランとした部屋に一人きりでいるのが耐えられなくなって」

「あー」

と陽一は間抜けな声を上げた。ユカリも、この家でオレが帰ってくるのを待ちながら、そんな風に思うことがあるんだろうか。そう思ったら、ムサシとユカリの気持ちが重なって、切なくなった。

「それでよく、夜はふらふら出歩くんです。どうせ誰にも怒られないし、誰も気にしないから」

ムサシはそう言って、フッと笑った。自嘲的な笑いだった。小学生には、ひどく不釣り合いな笑い方。

「このあいだもそうでした。どうせ急いで帰っても、誰もいない。だからぼんやり屋根の下で、雨を見て、時間をつぶしてたんです」

「そこにオレたちが通りかかったわけだ」

ムサシは小さな頭を、コクコクと何度も前に倒した。

「声をかけてもらえてうれしかったけど、でも、なんかすごく羨ましくて」

「羨ましいって、オレたちが？」

陽一が首を傾げると、

「だって二人は、すごく仲良しそうだったから。顔はぜんぜん似てなかったけど、ああ、この人たちは家族なんだなってすぐにわかった。そしたら、ちょっと意地悪な気持ちになっちゃって……」

だから思わず、傘をとられたとウソをついてしまった、とムサシは言った。それで、この兄妹はどうするか反応を窺おうと思ったところ、あまりにあっさり傘を渡されてしまった。あとに引けず、そのまま帰ったはいいものの、家に着いてから後悔した。傘を明るい場所で見ると、名前まで書いてある。大切なものだったのかもしれないと思い、さらに罪悪感が募った。

「だけどどうしたらいいのか、わからなくて」

　でもさ、と陽一は言った。

「マリエとうちに来たじゃん。そんときに傘を持ってくれば、それで丸く収まったんじゃないの？」

「はい、だからボクも謝ろうと思ったんです。でも、その日の朝になったら、返しに行って謝るのがこわくなって……。ほんとうのこと言って、怒られたらイヤだなって」

　ボク、ヒキョウ者なんです、とムサシは小さくつぶやいた。

「それでマリエちゃんに、傘はなくしたって言っちゃって……」

　それで話をうやむやにできるかと思ったが、ムサシの思惑に反して、マリエはじゃあ謝りに行こうと言いだした。いまさらあとには引けず、それで相田家を訪ねて、陽一にもマリエについたのと同じウソをつくはめになってしまった。

「じゃあマリエは何も知らないんだ？」

「マリエちゃんは何にも悪くありません。マリエちゃんはボクのために学校を調べたりしてくれて、ここまで付き合ってくれただけです」

「そっか」

　陽一は、二人で示し合わせてウソをついたんじゃない、と知ってホッとした。

「オレにも、子どものころ、そういう覚えがあるよ。近所のおじいさんの家の花瓶、体操着袋を振り回してたら割っちゃってさ。その花瓶、おじいさんの死んじゃった奥さんが大事にしてたものだったらしいんだよね。オレ、怒られるのがイヤでおふくろに知らないってウソついちゃってさ。でも胸がどんどん苦しくなってさ、こんなことなら素直に謝ればよかったたって後悔したよ」

「それで、どうしたんですか?」

「どうもしないよ。そのまま、引っ越すまで誰にも言わなかった。そのおじいさん、オレのこと可愛がってくれてたのに、後ろめたくて、それ以来、ぜんぜん遊びに行かなくなっちゃった。引っ越すときも、さよならも言わなかった。小さなウソのつもりだったのが、いまになったらすごく大きなものを失った気持ちだよ」

「そうですか……」

「だからムサシは偉いよ」

もう二度と会えないだろうおじいさんの顔を思い浮かべながら、陽一は言った。

「え?」

「だってこうしてほんとうのこと、言いに来たじゃないか。それってけっこう、勇気いったろ?」

ムサシは戸惑いつつもコクンと頷いた。

「なんで、そうしようって思ったの？」

「どうしてだろう……」

自分でもよくわからない、と言う。

「このあいだ、マリエちゃんとここに来たとき、なんか思ったんです。あの傘は、この家にあるのが相応《ふさわ》しいんじゃないかって。これからも、この家の人たちに使われていくべきだって。ボクの家の棚にしまって、誰も使わないままにしてしまったら、それじゃあ傘が可哀想だって思って」

だから、勇気を振り絞って、今日ここに来たのだ、と言った。

陽一が静かに目を瞠《みは》って見つめていると、ムサシは照れたように肩を縮こまらせた。

「よくわからないですよね？」

「いや、わかるよ」

そう言って、微笑んだ。

「それに、マリエちゃんにウソつくの、もうイヤだったから……」

「なんだよ、それが本音か」

陽一があははと笑うと、ムサシは「それはちょっとです」とあわてて弁解した。

「あの子、いい子だもんな。ちょっと勝気だけどさ」

ムサシはちょっと顔を赤くしながらも、はい、と返事した。

「でもあの子に頼りっぱなしなのは、どうかと思うぞ。男として」

自分もユカリに世話を焼かれっぱなしなのに、陽一は偉そうに言った。

「はい」

今回のことがよほど身に染みたらしく、ムサシは大真面目に頷いた。

「まあ、理由はなんであれ、傘返しに来てくれて、ありがとな。ユカリも喜ぶよ」

「許してくれるんですか？」

これって許すとか許さないとか、そんな大それたことなのか。でもそれは、もう大人になってしまった自分だから思うのであって、ムサシにとってはやっぱり大ごとなのだ。いま、ムサシは呪いにかけられたようなもんなんだな、と陽一は思った。自分の胸に、ヒキョウ者の烙印を押してしまったのだ。そしてその呪いを解いてやれるのは、この世界で自分だけなのだ。いまの自分の答えが、今後のムサシの人生にきっと大きな影響を与えるだろう。責任は重大だ。

陽一は居住まいを正して、

「いいよ、許す」

そうきっぱり言ってから、でもひとつ条件がある、と付け足した。

「なんですか？」

ムサシがおそるおそる尋ねる。

「この先、きっと人生いろんなことがあるよ。でも、お母さんのこと、大事にな。いろいろあるのもわかるけど、お前のこと、大切に思ってないはずないから」

我ながら柄にもないこと言ってんな、と気恥ずかしく思いつつ、でもやっぱり言わずにいられなかった。

「お母さん、どんなに忙しくても、お前のこと忘れたことなんてきっとないと思うよ。お前と自分の生活を守るために、必死に働いてるんだ」

「でも」

とムサシがおずおず言う。

「ボクみたいなチビになにができますかね？」

「別にチビでもなんでも関係ない。お母さんの味方でいてやればいいんだ」

陽一にはもう、どれだけ母に優しくしてやりたいと願っても、一生叶わない。思い返せば、後悔ばかりだ。何度、母に心無い言葉を投げつけて傷つけたことか。義父と再婚し、生活も落ち着いて、陽一も年月を経て素直になれるようになったころ、母は事故でなんの予兆もなく逝ってしまった。子どものころのオレはバカだった。そんな思いを、ムサシにはしてほしくない。

ムサシはしばらくじっと口をつぐんで考えていたが、やがてしっかり頷いた。

「はい、約束します」

陽一はちゃぶ台から身を乗り出して、ムサシの頭をぐりぐり撫でてやった。ムサシはようやく呪いから解放され、心の底から安堵したようで、大人しく撫でられながら泣きそうになっていた。それでも踏ん張って、涙がこぼれる寸前で引き締まった顔になる。なんだかんだで、強い子じゃん、と思った。気が付けば、陽一はムサシのことがとても好きになっていた。

呼び鈴がまた、バカでかい音で鳴った。二人で顔を見合わせてから出てみると、予想どおりマリエがいて、

「やっぱりいた！」

ムサシを見つけると、呼び鈴に負けない大きな声を出した。

「なによ、相田さんちに行くなら行くって声かけなさいよ。家に行ってもいないから、いろいろ探しちゃったじゃない」

「ちょっと男同士で話があってね」

陽一が言うと、

「男同士？」

と眉を寄せた。

「そう」

陽一は得意そうに、フフンと鼻を鳴らした。マリエにはさっきの話は言わないでおくことにした。ムサシがどうしても話したいなら、自分で話せばいいだけだ。

「フン、弱そうな見かけの男二人で、何を話すっていうんです？」

ああ、ムサシ、やっぱりお前、大変だな。

ふと、玄関に立てかけたままの空色の傘が目に入った。陽一はそれを手に取り、玄関先で開いてみた。内側に描かれた水色の空と、ぽかりと浮かんだ雲。

「あー、その傘！　なんで？　なんであるの？」

案の定、マリエは一人で大騒ぎしている。

いままで気にしたこともなかったが、前にマリエが言っていたように、柄の部分に〈三―二　相田ユカリ〉とマジックでしっかり書かれた紙が貼られていて、上からテープではがれないよう加工までしてあった。何年も使っているから、骨の部分に多少サビが浮いているものの、まだ十分使えそうだった。大切に使われてきたのが、よくわかる。

（なんだよ、やっぱり超大事だったんじゃん）

陽一は二人がぽかんとするのもかまわず、とても晴れやかな気持ちで笑った。それからじっと、雨のそぼ降る通りを眺めた。

＊

図書館を出たところで、ばったり陽一と出くわし、ユカリは目を剝《む》いた。

「なにしてんの？」

「ん？　ちょっとオレも本借りに」

「もう閉館時間だけど？」

「うん、知ってる」

ユカリが、この人、寝ぼけてんのかな、と心配すると、陽一が無言で傘を差し出してきた。自然と両手で受け取る形になり、

「あれ、その傘！」

なぜ、なくしてしまったはずの空色の傘を兄が持っているんだ、とユカリはますます困惑した。

「さっきムサシとマリエが家に来て、届けてくれた」

「傘を？」

「そうだよ」

「見つけてくれたんだぁ」

もう二度と戻ってくることはないだろうと、諦めかけていたのに――。でもこうして戻ってくると、自分でもびっくりするほど嬉しい。自分の手に、とてもしっくり馴染む気がする。嬉しくて、自然と笑顔になる。

「よかったぁ」

ユカリが心底言うと、陽一は屋根の下で、お子様め、と笑った。

「ひょっとして、それで迎えに来てくれたの？」

「まあ、なんつーかそんな感じ。ムサシとマリエを送ったついでだったしな」

陽一が照れくさそうにもごもご言う。あれ、冗談じゃなくて、本当にそのために来てくれたんだ。

「明日は雨じゃなくて雪が降るかも」

「明日は快晴だって、お天気お姉さんが言ってたぞ」

「知ってるよ。でも兄さんが迎えに来るなんて、奇跡みたいなもんじゃん」

陽一はフンと顔をそむけて、「やっぱ来るんじゃなかった」とぶつぶつつぶやくと、

「帰るぞ」

とユカリが持っていたビニール傘を奪い取って、さっさと歩き出してしまう。

屋根の向こうは、なにもかもが雨に染まった灰色の世界だった。雨が世界中から、色を奪ってしまったようだった。

「待ってよ」

慌てて手にした傘を開いた。たちまち、自分の頭上にだけ青空が広がる。そこだけが、パッと照らし出されたように明るい。やっぱりこの傘でなくちゃいけない。明日から晴れと言っても、しばらくはまだ梅雨が続く。でもこの傘さえあれば、ちっとも苦じゃない。

陽一は一度だけ振り向くと、「ほれ、早く」とじれたように言って、また速足で行ってしまう。ああ、恥ずかしがってんのか。だったら迎えになんてこなきゃいいのに。

ユカリはその背中を、突っ立ったまま、しばらく眺めていた。思わず笑みがこぼれた。胸のあたりがじわりと温かくなる。たったこれだけで喜ぶとは、我ながら単純だと思うけれど、でもやっぱり嬉しいものは嬉しい。

ユカリは勢いよく雨の中に飛び出すと、陽一からビニール傘を奪い取り、自分の傘を握らせた。

「なにやってんの？」

陽一が啞然としてるのにもかまわず、

「ほら、ちゃんと私も入れて」

小さな傘に無理矢理入ろうとする。

「バカか、無理だよ。こんなちっこい傘で」

ユカリは、あはは、と腹の底から笑った。

「じゃあ、家まで走ろう！」

そう言って走り出すと、陽一は「なんでそうなんのぉ」と情けない声を出しながらも傘をさしたままついてくる。なにもかもが灰色の世界の中で、二人の頭の上にだけ、青空が広がっている。なんて美しい世界だろう。水たまりを飛び越えながら、ユカリは思った。

その四　夏のきらめき

「あ、あの、相田さん！」

夏休みも目前に迫った日の放課後、ユカリは帰り支度を整えて教室を出たところで、突然呼び止められた。

「ちょっといいですか」

ぜんぜん知らない男子生徒で、妙に緊張しているようだった。上履《うわば》きのラインの色で、同じ三年生だということだけはわかったけれど、やはり顔に覚えはなかった。

「なんですか？」

というよりどちら様ですか、と思いながら問い返すと、男子生徒は、

「ここじゃ、ちょっと」

と困ったように頭をかいた。それから、ついてきてほしいとやたらと辺りを気にしながら告げて、ユカリの返事も待たずに廊下《ろうか》を大股で歩いていってしまった。

放課後の教室には、生徒はほとんど残っていなかった。長谷川さんも、幽霊部員として所属している美術部に、めずらしく今日は行っていた。男子生徒は、ユカリが当然ついてきていると信じて疑わない様子で、ずんずん廊下を進んでいく。

なんだ、なんだ、とユカリが怪しみながら制服の白いシャツの背中を追うと、男子生徒は体育館へ続く渡り廊下まできて、急に立ち止まった。怒ったように眉《まゆ》をつりあげて、ユカリの方へ向き直る。あんまりにも怖い顔だったから、私、この人に何か恨《うら》まれるようなことしたっけと、ユカリはあわててしまった。

ところが男子生徒は、

「オレ、三組の鈴木って言います。鈴木亮介《りょうすけ》」

自分の名前を勢いよく名乗ると、なんの前置きもなしで、

「好きです」

と言いだすので、ユカリは、へ、と間抜けな声を上げた。

「え？」

「付き合ってください」

ユカリは目をひん剝《む》いて、男の子を見つめた。青天の霹靂《へきれき》というやつだった。いま、自分は人生ではじめて告白というものをされたのだと思った。鈴木くんが怒ったような顔だ

ったのは、ユカリを恨んでいたわけじゃなく、緊張していたのだ。怒っていると勘違いしてしまうほどに。そう思ったら、鈴木くんの心臓の鼓動《こどう》までがドクドク聞こえてくるような気がした。自分の鼓動までが、つられて早くなる。

学校と通りを隔《へだ》てるフェンスに沿って、ひまわりが咲いていた。蟬《せみ》の声がうるさいほどだった。体育館からボールが床を叩く音が響いてくる。鈴木くんはそのなかで、息をつめて、ユカリのことを見つめていた。あんまり印象に残らない、つるりとした顔の少年だった。こうして向かい合っているそばから、忘れてしまいそうなほど特徴のない顔。その顔で、鈴木くんは待っていた。何を待ってるんだろう、とユカリはぼんやり思った。ああ、そうか、私の返事を待っているのか。それ以外、何があるというのか。

「ごめんなさい」

この状況から早く逃げ出したい。その一心でユカリが頭を下げると、

「好きな人がいるんですか」

と鈴木くんがすかさず聞いてくるので、ユカリは特にそういう人はいない、と正直に言った。すると鈴木くんは、

「これからの受験シーズン、お互い励まし合いながら付き合っていければと思ったんだけど」

とがっくりうなだれて、消え入りそうな声を出した。いい人なのが、それだけでも十分に伝わってくる声だった。かといって、やっぱり返事が覆《くつがえ》るわけでもないので、ユカリはもう一度、

「ごめんなさい」

と今度は心の底から謝った。

「いまはそういうの、私、まだよくわからなくて……」

うまく説明できなくて、しどろもどろになってしまった。これじゃあ相手も納得しないよな、と自分でも思った。だけど鈴木くんは、それ以上もう食い下がってこず、

「そうですか、わかりました。急に呼び出したりしてごめんね」

と本気ですまなそうな顔で言って、「無謀なのはわかってました」とフッと悲しそうに笑った。その表情を見て、ああ、なんて悲しそうな顔なのだろう、とユカリはものすごい罪悪感に襲われた。ＯＫだと言い直したい衝動に突き上げられ、あやうく口にしそうになった。でもそんなことはできるはずもなく、鈴木くんが渡り廊下を去っていくのを、息をするのも忘れて見守った。

その話を、ユカリは誰にも言わないでおくつもりだった。が、家に帰ってからも胸にたまった罪悪感は一向になくならず、どうしようもなくなってしまった。それで、

「今日さ、知らない男子に告白されたんだよね」

と夕食の際に、陽一にぽろっと喋《しゃべ》ってしまった。

「へえ」

と陽一は豚の生姜焼きに食らいつきながら相づちを打ったが、実は全然話を聞いていなかったようで、しばしの間を置いてようやく言葉の意味を理解したのか、

「えッー！」

と茶の間に響きわたる声で叫んだ。そして、口のまわりを生姜焼きのタレまみれにして、飛び上がった。ユカリはやっぱ言わなきゃよかった、と早くも後悔しながら、ティッシュを無言で一枚差し出した。

「あ、相手、誰よ」

陽一は自分のことでもないのに、そわそわと落ち着かない。

「だから知らない男子だって。隣のクラスって言ってた。話、聞いてなかったでしょ？」

すぐに忘れてしまうだろうと思ったのに、鈴木くんの顔はいつまでもユカリの脳裏に焼き付いて、離れなかった。別れ際の悲しげな顔で、いまもじっとこちらを見ていた。

「で、なんて答えたの？」

「そりゃあ、断ったよ」

　ユカリはそう言ってから、

「だって、ぜんぜん知らないし、付き合うってどうしたらいいかもわかんないし」

　と言い訳するみたいに早口でつけ加えた。

「ふうん」

　陽一はそれを聞くと途端に落ち着きを取り戻し、また生姜焼きにかぶりついた。そうか、告白されちゃったかあ、などと、一人でぶつぶつ言っている。

「で、なんて名前の子？」

「なんでそんなこと、知りたいの」

「名前がないと、イメージがわかないだろ」

　別にイメージしなくていいと思いつつ、

「聞かなかった」

　とユカリはウソをついた。

「じゃあ、仮にその子を鈴木くんとしよう」

　と陽一は無理やり、仮の名前をつけた。その仮のはずの名前がそのものズバリで、ユカリはうろたえたが、鈍感な兄は気づいていないようである。

「で、その鈴木くんはお前のどこが気に入ったんだ？　話したこともないんだろ？」

「私の方が聞きたいよ」

本当に鈴木くんは自分のどこが良かったのだろうと、不思議だった。

「じゃあ、聞けばよかったのに」

「私のどこが好きなの、って？　そんなの聞けるわけないじゃん」

「なんで？」

「そんな余裕あると思う？」

でもそれくらい、聞いてもバチは当たらなかったかもなあ、と思った。自分のことを好きだなんて言う男の子が、この世界にいるなんて、そんなこと想像すらしたことがなかった。自分が全然知らないところで、男の子に恋愛対象として見られていたことが信じられなかった。そういう世界とは、縁遠い場所で自分は生きているのだと疑わなかった。それが今回の一件で、覆ってしまった。でもいまさら自分のどこを気に入ってくれたのかなんて、鈴木くんに聞くわけにもいかない。つまり、この謎は永遠に解けることはないのだ。

「まあそのくらいの年の子が、恋をする理由なんてあってないようなもんだから。話したことない子の方が、妄想が膨らむからな。お前のことが好きっていうか、好きだって思った気持ちが一人歩きして、もう言わないでおけなかったんだろうなあ」

と陽一は、わかるようなわからないようなことを言った。

「そんなもんかな」

「そんなもんだよ。お前、学校じゃどうせ猫かぶってクールぶってんだろ」

と陽一はニヤニヤした。ユカリは、フンと鼻を鳴らした。

「ほんとうのお前を知ったら、がっかりしちゃうパターン？」

それはきっとそうなのだろう、という気がする。「無謀なのはわかってた」と言った鈴木くんは、ユカリをなんだか女神として崇めてでもいるような様子だった。だがそれは、とんだ誤解である。

でもじゃあ、ほんとうの私ってなんだろう。今度はそっちが気になった。

「じゃあ兄さんは？」

「ん？」

「兄さんは、私のどこが良いところだと思う？」

「え？　オレに聞いてんの？」

「参考までに聞かせてよ。家族として私のどこが良いと思う？」

「うーん」

と陽一は眉間《みけん》にシワを寄せて、たっぷり考えていた。あまりにも長いこと考えているものだから、ユカリも箸を置き、緊張して、陽一が口を開くのを待った。

「メシがウマいところ？」

そう言うと、山盛りになった千切りキャベツを口いっぱいに、頬張った。

なんだ、それ。ユカリはがっかりした。それじゃあ家政婦じゃん、と思った。自分は以前、長谷川さんに同じことを問われて、「人の悪口を言わないところ」と即答したのに、この差はなんだ。

「まあ、なんにせよ、一人の少年の恋心が今日、散ったわけだな。気の毒な鈴木くん」

陽一はそう言って、食べ終わった茶碗や皿を流しに運ぶために立ち上がった。なんてイヤな兄だろう、滑って転べばいいのに。ユカリはその背中を睨《にら》んだが、残念ながら転ぶ様子もなく、そのまま風呂場に消えてしまった。

蚊《か》が一匹、プ〜〜〜ンと目の前をゆっくり横切っていく。反射的にパチンと両手で叩き、フフンと鼻息をもらした。夕方からずっと耳元で小うるさく飛んでいて、ムカムカしていたのだ。古い家で隙間《すきま》が多いので、夏になるとやたらと相田家には蚊が出没する。ここ数日で、五匹は仕留めた。平然と蚊を殺戮《さつりく》している自分を見たら、鈴木くんはどう思うのだろうか。たぶん、がっかりするだろう。

（鈴木くんの恋心も、この蚊と同じく私がぺしゃんこにしちゃったんだな）

ティッシュで手を拭《ぬぐ》いながら、ユカリは思った。そんなことを言ったら、「鈴木くんと蚊を一緒にするな」と兄に言われそうだった。自分でもあんまりなたとえだったと、鈴木くんに、ごめんなさいと心のなかで謝った。

＊

「まじすか、ユカリタンが」

陽一が、ユカリのヤツが告白されたらしいと話すと、浦上くんは椅子から転げ落ちんばかりの勢いで驚いた。しかし尻が椅子にぴったりフィットしていたので、椅子ごと倒れそうになって、あわてて陽一が支えた。こいつ、また太ったな、と陽一は内心で思った。

「そうかぁ。ユカリタンも、お年頃なんだなあ」

浦上くんは一度しか会ったことがないというのに、しみじみと言った。

「どういう反応していいか、こっちも困るよね」

陽一は食後の緑茶を飲みながら、オレ、あわてちゃったよ、と昨夜を思い出しながら、つぶやいた。食べ終わって空になった弁当箱は、風呂敷にきちんと包みなおして、デスクの上に置いてある。

「好きとか嫌いとか、中学生のころって一大事件ですからねぇ。告白なんて、した方もされた方も、一生記憶に残るんじゃないですか」

「だよなあ」

と陽一は昔を思い出すように遠くを見つめて、深く同意した。

「おや、先輩は、そういう経験あったんですか」

「ない」

陽一がきっぱり言うので、浦上くんはガクッと椅子から落ちそうになった。

「そういう浦上くんは？」

「したことも、されたこともないです」

これまたきっぱりとした答えが返ってきて、二人は、えへへと空気の抜けるような声で笑い合った。

「でも、オレたちの知らない場所で、そういうのはちゃんとあったんだよな」

「そうですねぇ」

そうなのだ、そういうのはちゃんとそのころにだってあった。ただ、陽一たちのそばでは、巻き起こらなかっただけなのだ。世の中は、なんと不公平にできているのだろう。

すると浦上くんが突然、「あ」と何かを思い出して声を上げた。

「なに、どしたよ？」

「そういえば、ぼく、一度だけラブレターをもらったことなら、ありますよ」

　などと衝撃的な告白をするので、裏切られた気分で、なんだよ、ずるいよ、と声を荒らげた。

「先輩が想像してるような、いいもんじゃないっすよ。サッカー部の連中が、女の子の筆跡を真似て、ぼくの下駄箱に入れたんですよ。可愛らしい便箋《びんせん》まで用意して。で、体育館の裏に放課後来てくれって書いてあるから、ドキドキして行ったら、フツーに罠《わな》でした。あれはきつかったなあ」

「ウゲェ、エグいことするなあ」

　フツーに罠だった、という表現に、浦上くんの中学時代が偲《しの》ばれて、同情した。そんな苦い経験をして、二十四歳にして未だ童貞、年々体重を増やしながらも、元気にのほほんと生きている浦上くんを抱きしめてやりたくなった。もちろん、行動には移さなかったが。

　代わりに陽一は、

「状況は違うけど、オレも中学のとき、これはきついって思った経験があるよ」

　と告白した。

「おッ、どんなですか？」

　浦上くんは窮屈そうに椅子から身を乗り出し、聞いてくる。

「うん、それがね、うちのクラスの男子で、鬼ごっこが爆発的に流行ったことがあったんだよ。中三の一学期のことだったかな」

「鬼ごっこ？　中三にもなってなにやってんですか」

「なあ、オレもそう思うよ。受験を目前にして、鬼ごっこもないだろうよって感じだったんだけど。でもオレたち、バカだったから。でね、これがけっこう本気の鬼ごっこでさ、なにしろ金かけてやってたから」

「あー、そりゃ必死になるわ」

「八人くらいで放課後にやってて、下校チャイムが鳴り終わったときに、鬼だったヤツが全員に百円払わなきゃいけないってシステムだったの。だからもうね、みんな、必死だよ。校舎内ならセーフってルールだったから、隠れ場所とかもどんどん巧妙になってきて、体育館の倉庫やら、男子トイレの個室やら、めちゃめちゃなとこにみんな隠れるんだよね。鬼ごっこなのに、誰が一番すごい隠れ場所を探すかっていうゲームみたいに途中からなっちゃってた」

「たしかにバカですねえ」

　と浦上くんが、くっくっくと笑った。

「うん、バカだった。ある日さ、オレ、音楽室の隅にあった用具入れに隠れたんだ。まさかこんな場所に隠れてるとは誰も思わないだろうって得意になってさ。授業以外、音楽室なんて使われてなかったからね。で、放課後の音楽が流れるまでずっと、じっとしてたんだ。下校チャイムが鳴り終わるころに教室に戻れば、それで勝ちっていうルールだったからさ」

「ああ、ぼくにはそんなとこ入れないなあ」

浦上くんが自分のでかっ尻をさすった。

陽一は彼の発言は無視し、そしたらさ、と続けた。

「音楽室のドアがおもむろに開いたんだ。用具入れの隙間から覗きながら、わ、鬼が来たかって焦ってたらさ、下級生の男子と女子が入ってきたんだよ。たぶん、吹奏楽部の子たちだったんだろうけどさ。そんで、いきなりそこで告白タイムがはじまっちゃってさ。女の子が『ずっと好きでした』みたいなこと、顔真っ赤にして言うわけ」

「うわぁ」

と浦上くんが聞いていられないというように、頭を抱えた。

「もう焦りまくったよ、用具入れにいるのがバレたら、オレ、完全に変態じゃん？　どんな言い訳もその場じゃ通用しないじゃん？」

「そ、それで、どうしたんです？」

浦上くんは、ごくりと唾を飲んだ。

「その場で息を殺して、二人が出て行くのを待ったよ。だけど、二人とも盛り上がっちゃってぜんぜん出て行かなくて。オレ、用具入れで二人がイチャついてるのを、じっと見守ってたんだ」

「真正の変態じゃないですか」

と浦上くんは蔑《さげす》むような目をした。

「好きこのんでやったんじゃない！　でも下級生がそんな恋愛ごととかやってるのにさあ、自分たちは三年にもなって、なんで鬼ごっことか命がけでやってんだって、すっごい落ち込んだわ。結局、そこから出れないうちに下校時間になって、時間内に戻れなかったルールが適用されて、オレの負けになったし。あれはオレの人生の情けない瞬間ベスト3に間違いなく入るわ」

よほどツボに、はまったらしい。浦上くんは涙を浮かべて笑い転げ、また椅子ごと倒れそうになって、陽一があわてて背中を押さえた。

「ああ、ウケる〜。その話、ユカリタンにもしてあげたらどうですか？　爆笑とれますよ」

「死んでもイヤだね」

陽一は断固、拒否した。相手が職場の後輩だから気軽に告白できることもある。そんなことを妹に知られるくらいなら、バンジージャンプでもした方がましである。

なんにせよ、お互いひとつ秘密を告白したことで、絆が深まった気がした。ただし童貞と非童貞の差は歴然とある。そこだけは、陽一としては譲れない部分だった。

すると突然、向かいのデスクから、

「あんたたち」

事務のオバチャンにドスのきいた声で呼ばれて、同時におびえたように背筋を伸ばした。

「仲良しなのはけっこうだけどねえ。もう昼休憩、過ぎてんのよ。仕事しな！」

二人は、すごすごと仕事に戻った。

＊

鈴木くんの一件は、その後、相田家で話題にのぼることもなく、いつもの平穏が戻ってきた。ユカリの学校が夏休みに入ると、陽一は心底羨ましがった。学生はいいよなあ。オレだって夏休み、ほしいよ、とぶつくさ言った。

「兄さんだってあるでしょ、夏休み」

「お盆に三日だけな。お前みたいに一か月あるわけじゃないもん」
とすねたように言う。しかし兄がすねて見せたところで、かわいくもなんともない。
「受験生に夏休みなんてないよ」
ユカリは言い返した。実際、午前中は学校の補講に参加して、午後も図書館で勉強して
と、今年は夏休みのありがたみを味わう余裕はない。
「そりゃあ失礼」
と陽一はひょいと肩をすくめた。
しかし、八月に入ったころ、またひとつ事件が起きた。それもまた、事件というには、
実にささやかな出来事ではある。だが、少なくともユカリは鈴木くんに告白されたとき以
上に驚いた。
それは、ここら一帯の情報通として知られる、隣人である増井家の奥さんが教えてくれ
た。
「ユカリちゃん、知ってた?」
増井さんは、ユカリが図書館から帰ってくるのを見つけるといきなり塀の向こうで言っ
た。いつもは挨拶から世間話へとさりげなく移行するパターンなのに、何事だと思い、
「どうしたんですか」

と聞くと、

「あ、じゃあ、まだ知らないんだ」

もったいぶった声で言う。真夏の空の下で相手するには、なかなかしんどい人である。

ユカリがどうせ大した話題ではなかろうと油断していると、

「宇佐美《うさみ》のおじいちゃん、入院しちゃったんですって」

「えッ！」

強烈な日差しが照り付ける玄関先で、うなじに大量の汗をかきながら、ユカリは思わず声を上げた。宇佐美のおじいさんの人懐っこい笑顔が、鮮やかに脳裏に浮かんでくる。とてもよい笑顔で、顔をくしゃくしゃにして、前歯のない口を全開にして屈託なく笑うおじいさん。ユカリは、その笑顔がとても好きだった。

「ていっても、大したことないのよ。ただの熱中症。畑仕事してるときに、倒れちゃって、通いで来てるヘルパーさんに病院まで連れてってもらったって。そのまま、一週間くらい入院することになったって」

増井さんはあんまりユカリが驚いたからか、あわててつけ加えた。

「そーなんですか……」

病気などではないと知って少しほっとしたが、それでも心配であることに変わりはなかった。

「ユカリちゃん、宇佐美さんとけっこう仲良かったもんね。心配でしょう?」

増井さんはそれだけ言うと、ところで聞いてよ、と別の話題に早くも移った。

「私、最近ヨガ教室に通い始めたんだけど、そこの先生がアンパンマンにそっくりで――」

などと、自分の話に自分で爆笑していた。ユカリは頃合いを見計らって挨拶して、家のなかに入り、

「おじいさん、大丈夫かなあ」

と天井の木目を見つめながら、つぶやいた。

おじいさんが住む宇佐美家は、相田家のはす向かいにある、昔ながらのどっしりとした平屋建てのお宅である。奥さんはもうだいぶ前に亡くなり、子どももとっくに独立しているので、いまはおじいさん一人でその家に住んでいる。増井さんによれば、すでに八十歳を超えているという話だった。

宇佐美家は庭も相当に広く、家の周辺以外は畑になっている。家庭菜園と呼ぶには、かなり本格的な畑だ。テニスコート一面ほどの大きさがある。おじいさんはいつもそこで野良仕事をしていて、ユカリもしょっちゅうその姿を目にした。もう腰もすっかり曲がって

動きもゆっくりだったが、季節に関係なくいつも真っ黒に日焼けして、健康そのものだった。ランニングシャツともんぺが、ばっちりはまっており、たくましささえ感じられた。自分の畑にとても深い愛着があるのが、はたから見ているだけでも伝わってきた。

そうは言っても、これまで相田家と宇佐美家になにか特別な交流があったわけではなかった。ユカリがおじいさんと親しくなったのは、梅雨に入る少し前のことだ。

発端は、飼い猫の種田さんである。

種田さんは、相田家の一員になってからも野良時代のクセが抜けないのか、いまも昼間は気ままに散歩に出る。それで、宇佐美さん宅の庭に勝手に入っては、遊んでいる。牛柄模様の種田さんは、遠くからでも実によく目立った。猫からすれば誰の敷地だろうが知ったことではないが、飼い主としては大いに困る。畑に入って好き勝手やっている種田さんに、宇佐美さんが気を悪くしていたら、大ごとだ。それでユカリはそのころに一度、菓子折りを持って宇佐美家を訪ねたのだった。

畑に肥料をまいてまわっている細い背中に、通りから「すみません」と何度も声をかけたが、おじいさんはぴくりとも反応を示してくれない。実は怖い人なのかもしれないと、おそるおそる近寄ってもう一度声をかけると、おじいさんは、「んああ？　なにぃ？」とやっと応じてくれた。声がびっくりするほど大きい。

だけど怒っている様子はなく、どうやらそれが地声らしかった。ああ、そうか、耳が遠いから自然と声も大きくなっちゃうのか、とようやく気が付いた。

「こんにちは！」

それで、ユカリが耳元で叫ぶと、

「おおう、こんちはぁ！」

とおじいさんは、肩にかけた手ぬぐいで額の汗を拭きながら、挨拶を返してくれた。

「今日もいい天気だわなぁ！」

とおじいさんはやはり大きな声で言い、

「で、あんた、誰だぁ？」

と首をかしげた。

「はす向かいに住んでる相田です！」

ユカリが通りの向こうに建つ木造の家を指さすと、

「ああ、あっこの家の子かい！」

おじいさんは顔をくしゃくしゃにして、「で、どしたのぉ？」と微笑んだ。笑い方にも、その人の人柄というのは出る。宇佐美のおじいさんの笑顔はとても素敵だった。ユカリはいっぺんにおじいさんのことを好きになった。

「いつもうちの猫がお庭にお邪魔して、すみません！」

種田さんはユカリの姿を見つけると、しっぽをぴんぴんに立てて寄ってきて、ふくらはぎに頬をこすりつけた。

「ああ、こいつはあんたンとこの猫かい！」

「はい！　それでちょっとご挨拶にと思いまして！」

ユカリがそう言って水ようかんの入った菓子折りを差し出すと、

「いいよぉ、そんなのぉ！」

とおじいさんは、手を振りながら、また顔をくしゃりとして笑った。

「猫なんつーのはね、そうやって好きにさせてやってるのがいいンだからぁ。大した庭じゃないし、気にすんなぁ！　どうせオレが道楽でやってる畑だもん！」

そう言って、種田さんの前にしゃがみ込んで、「よぉ、猫チャン！」と頭をごしごし撫でた。

細くて、筋張っていて、それでいて、とても力強い腕だった。

結局、水ようかんは宇佐美家の立派な縁側で、おじいさんが淹《い》れてくれたお茶を飲みながら、一緒に食べた。残った分は今度ヘルパーさんが来たときに食べるよぉ、と言っていた。

それ以来、種田さんを迎えに行くついでにユカリも庭にお邪魔して、畑を見させてもらったりした。里芋畑の雑草抜きや、とうもろこしの収穫の手伝いをさせてもらったこともある。おじいさんは、会っても、だいたいユカリのことを忘れていた。近所の相田です、と大声で名乗って、ようやく「あー！　あっこの嬢ちゃんかぁ」と理解してくれた。だけど父方の祖父母も遠方に住んでおり、滅多に会うことのできないユカリは、宇佐美のおじいさんと過ごす時間が好きだった。

大した話をした覚えはない。だけど一緒にいると、お風呂につかっているときのような、じんわりと温かい気持ちになった。のどかで、ほのぼのとした時間が自然とそこには流れていた。それは間違いなく、おじいさんの人柄によるものだった。

その、大好きなおじいさんが、入院してしまったのだった。ただの熱中症だろうと、ユカリとしては気をもまずにはいられない。

日が暮れて、陽一が帰ってくる時間になっても、そわそわと心が落ち着かず、汗だくになりながら、掃除機をかけたり、廊下を雑巾がけしたりした。おじいさん、大丈夫だろうか。かといって、自分にできることなどなにもないが。所詮、ただの隣人にすぎない。

「種田さんも心配じゃないの。いつもお世話になってる人でしょ？」

しかし種田さんは、「ほら、どうですか」とこちらに見せつけるように股をおっぴろげ、毛づくろいに夢中だった。種田さんのタマタマは、相変わらず梅干しのようにシワシワである。縁側に面した窓を開け放って掃除していたため、蟬が一匹迷い込んできて、茶の間の壁にぴたっととまった。ユカリは躊躇《ちゅうちょ》なく素手でつかまえると、庭に向かって放った。何が起きたのかわからない蟬は、地面すれすれで浮上して逃げていった。

掃除にも疲れ、座布団の上で正座していると、陽一が帰ってきた。ユカリが浮かない様子なのに気が付いて、

「なに、どったの？」

と尋ねた。表は夜になってもまだ蒸すのだろう、陽一のワイシャツの背中は汗でべったりと張り付いている。

「宇佐美のおじいさん、入院しちゃったんだって」

「それって、あの広い庭の家のじいさん？」

そう、とユカリはうなずいて、増井さんから聞いたことを陽一にも話した。

「この暑さの中も、毎日畑に出てたらしくて、それで参っちゃったみたい」

「無茶すんなあ。こんな炎天下、オレみたいな若者だって辛いっつうのに。子どもさんとかは近くに住んでないんか」

「みんな、都内の方に住んでるらしいよ」

「ふうん」

陽一は、もう限界だわ、と風呂場に向かった。ユカリがぴったりと、そのあとに続いてくるので顔をしかめた。

「なんでついてくんだよ」

「話の途中だからだよ」

「いいけど、オレ、これからマッパになるよ」

陽一がおかまいなしにスーツのズボンを引きおろすので、ユカリはあわてて脱衣所の外に出た。それから兄が風呂場に入ったのをしっかり確認してから、また懲りずになかに入った。

「私さあ」

ユカリは磨りガラス越しに風呂場に向かって言った。

「お見舞い行こうかなあ」

おじいさんは病院でさみしがっているかもしれない。自分が見舞って喜んでくれるなら、ぜひ行きたいと思った。所詮、他人ではあるけれど、遠くの親戚より近くの他人という言葉もあるのだし。

「どこの病院だか知ってんの？」

「知らない。でも、増井さんがたぶん知ってる」

「あ〜、あの人な、すごいもんな」陽一は普段から、増井さんの情報力に並々ならぬものを感じているらしかった。

「ほんとは変装したトム・クルーズなんじゃね？」

「トム・クルーズって誰？」

と尋ねると、

「スパイ映画でよく主役やってる人」

実は増井さんの顔は変装用のマスクで、ぺりぺりっとめくるとトム・クルーズが現れるのではないか、と陽一は言った。

「やあ、ボク、トムだよ、なんつってさ」

「しょうもな」とユカリは呆れた。

陽一は髪を洗っているようで、風呂場からはシャカシャカと小気味よい音と鼻唄が聞こえてくる。しばらくするとザブンと湯船につかる音がして、「ぐふう」といかにも気持ちよさげな声が上がった。

「ユカリは、よっぽどあのじいさんが好きなんだなぁ」

と、のんびりした声が、風呂場に反響する。

ら転がり出た。

「ヘンかな？」

「別にヘンではないんじゃね？　てか、お前らしいわ」

どことなく嬉しそうな声でそう言った。私らしいってどこがだろう、と聞いてみたかったが、陽一は、さて出よう！　と宣言して湯船からザバッと勢いよく立ち上がった。そうだ、兄はからすの行水で、風呂が異常に早いのだった。ユカリは悲鳴を上げて、脱衣所から転がり出た。

増井さんは、もちろん宇佐美のおじいさんが入院している病院も知っていた。「ええ、知ってるわよ」と当然のように言う増井さんの中身は、ほんとにトム・クルーズかもしれないとユカリもちょっと思った。とにかく病院の場所もわかり、おじいさんが好物だと前に言っていた大学芋をつくり、タッパーに入れて持っていった。

宇佐美のおじいさんは六人部屋の窓際のベッドに寝ていて、ユカリが挨拶すると、ちゃんと覚えてくれていて、「あれぇ、嬢ちゃん！」とびっくりして、目をまんまるにしていた。

「どしたのぉ？　なんで来たのぉ？」

おじいさんの声はやっぱり大きくて、病室中に響き渡った。でもほかの患者さんも慣れたものらしく、ただ笑っていた。病院はユカリが想像していたより、ずっとのどかな雰囲気だった。壁もカーテンもクリーム色に統一されていて、人の汗の匂いと消毒液がまざった独特の匂いがした。

「おじいさんが入院したって聞いて」

ユカリが言うと、おじいさんは、ハッと笑い飛ばし、虫でも払うように手を振って、

「そんな大したこっちゃねえよぉ。ちょっと暑さに参っただけだぁ」

と言った。だけどユカリが訪ねてきたのは嬉しいようで、いつものように顔をくしゃくしゃにして喜んでくれた。ユカリもおじいさんが元気そうだったので、ホッとして笑った。

「学校はどしたぁ？」

「もう夏休みです」

「ああ、そっかぁ。あんがとねぇ。ただの近所のじじいのためにわざわざ」

おじいさんはそう言って、ベッドの上で赤ん坊のようにつるりとした頭をぺこりと下げた。いえいえ、とユカリも頭を下げた。

おじいさんは、ユカリが持っていった大学芋を、美味しそうに食べてくれた。夏バテにきくようにと、砂糖とはちみつをたっぷり使って相当甘口の味付けにしたのだが、気に入ってもらえたようだ。

「こんなん、いまの子は食べないだろぉ？」

「食べますよ。私、大好きです」

「おお、そっかぁ」

おじいさんは大学芋を奥歯ではぐはぐとよく噛んで、ゆっくり食べた。食べながら、しきりに「あんたはいい子だねえ」と褒めてくれるので、ユカリは頬を赤らめた。患者さんたちもユカリをおじいさんの孫だと思っているらしく、微笑ましそうに見ている。

数日中には退院できると医者には言われているそうだ。それを聞き、

「そっかあ。よかったぁ」

ユカリが心からニッコリすると、おじいさんは、なんのこれしき、という感じで、

「ひ孫の顔を見るまでは、くたばれないよぉ」

あっははと機嫌よく笑った。

「赤ちゃん、生まれるんですか」

ニコニコと何度も頷く。一番大きいお孫さんが、秋に出産予定なのだそうだ。離れて暮らしているが、無事生まれたら、おじいさんのところに遊びに来てくれると約束しているらしい。おじいさんは、それをとても楽しみにしているようだった。

「だから、それまでは死ねないよぉ」

心の底から喜ばしくてたまらない、といった表情で、見ているこっちまで自然と嬉しくなってしまう笑顔だった。

「孫もね、あんたに負けない、いい子なンだよぉ」

きっとお孫さんもおじいさんのことが好きなのだろう。

「じゃあなおさら、早く良くならないと」

ユカリがニコニコ言うと、「だなあ」とつぶやいたおじいさんの顔が急に暗くなった。

「だからうちでとれた野菜、孫んとこにも送って食べてもらって、元気な赤ん坊生んでもらおうと思ったんだけどなぁ」

とおじいさんは言った。

「もう何日も放ったらかしだし、オレが帰るまでにみーんな、ひからびちまってるだろうなあ」

ここのところ、とんと雨は降っていないし、気温も三十度を超す真夏日が続いている。今日も外は猛烈な陽射しだった。

「今年の夏野菜は収穫できないで終わっちまいそうだぁ」

退院しても医者からは夏の間は、畑に出るのは禁止されてしまって、どちらにしろ、今年は諦めようと思っているのだ、と言う。せめて心配はかけないようにと、入院していることは身内には伝えていないらしい。

「まあ、しょうがねえもんな。なんにしろ、嬢ちゃんが来てくれて、嬉しかったよぉ」

おじいさんは照れたように、へへへ、と笑うが、やはり顔は悲しそうである。

ユカリはおじいさんの畑になっていた、まだ青いトマトや赤ちゃんのようなナスを思い浮かべた。あれがみんな、無駄になってしまうのか。おじいさんが愛おしげな目で、野菜たちを世話した光景が思い出される。それはなんともったいないことだろう。

前に、おじいさんが畑で、ユカリにこんな風に語ったことがあった。

「オイラは農家の三男でよぉ、ガキのころは、いっつも畑に出てたンだ。親父は、落ち込んだり悲しんでる暇があったら、野を耕せってのが口癖でなあ。親父のことは好きじゃなかったけど、あれは正しかったと思うよぉ。お天道様の下で体動かしてると、嫌なことなんてどうでもよくなっちまうからな」

おじいさんはくしゃりと笑って、続けた。

「だから家を出たあとも、自分んちの庭に畑つくったのさぁ。ばあさんが死んじまって生きるのが嫌になっちまったこともあったけど、畑で毎日必死こいて働いてりゃあ悲しみもちっとはましになるンだぁ。それにオイラまで死んじまったら、この畑の面倒見てやれるヤツもいなくなっちまうもんなあ」

自分の話など滅多にしなかったおじいさんが、そのときだけは珍しく饒舌《じょうぜつ》で、とても印象深かった。様々な思いが、そこにはこもっていた。

ユカリは椅子から身を乗り出して、

「じゃあ私が代わりに世話していいですか」

と言った。

おじいさんは一瞬ぽかんとしてユカリを見ていたが、

「そりゃ悪いよぉ。嬢ちゃん、大変だもん」

とあたふたした。

「ダメですか？」

ユカリがじっと見つめると、

「ええ？　ダ、ダメじゃないけどよぉ」

おじいさんは照れたように目をそらして、口ごもった。

「じゃあ、おじいさんが退院したあとも、私が収穫、代わりにしますんで」

ユカリは胸を張った。

おじいさんは参ったなあという感じに、頭をかいていた。

＊

「おかえりなさい」

陽一が家に帰ると、昨夜とは打って変わって、機嫌の良さそうな声に出迎えられた。夕飯は餃子だそうで、ユカリは台所で餡《あん》を皮で包む作業の真っ最中だった。にんにくとごま油の香りが食欲を誘い、陽一のおなかはたまらず、ぐうと鳴った。

「おじいさんのお見舞い、行ってきたよ」

フライパンに餃子をきれいに並べながら、報告してくる。ラジオからは明るくて小気味よいブルースが流れている。

「様子はどうだった？」

「うん、お元気そうだった。二、三日もすれば退院だって」

「なら良かった」

陽一はそう言って、扇風機の前に座り込み、ワイシャツの胸元をあおいで風を送った。

「でも、夏のあいだは畑に出るの禁止って、お医者さんに言われちゃったみたい」

「まあ、しかたないいんじゃない」

「でも、せっかくここまで育てたのに、もったいないじゃない？　あとちょっとで収穫できるのに」

「まあなあ」

と陽一が同意すると、

「だから私、おじいさんの代わりにお世話しようと思って」

「えー、お前、受験生なんだろ。そんなんでいいのか」

受験生に夏休みなどないと豪語していたのはどこのどいつだ、と呆れた。

「朝と夕方に三十分くらい畑に出るだけだよ。水やりしたり、畑の様子見てまわるだけ。別に支障はないよ」

「だって相当、広くなかったか？」

「うん、テニスコートくらいはあるかな」

「えー、マジか」

陽一は、炎天下で畑仕事とかもう地獄だろ、と思ったが、

「ふうん、まあお前がいいなら、いいんじゃない」

と自分には関係ないので、適当に言った。が、ユカリに、「兄さんも休みの日は、手伝ってね」とニッコリ顔で言われてしまい、それだけは勘弁、と風呂場に急いで逃げた。

　宣言どおり、ユカリは翌日から朝、夕と宇佐美家の畑に出るようになった。まだ涼しいうちにと、朝は陽一が家を出るよりも早く出かけていった。陽一が駅に向かうため宇佐美家の前を通ると、早朝の夏の陽射しの下、緑の広がる畑の真ん中にじょうろを手にした華奢な妹の姿が見えた。抜けるように青い空を、とんびが横切っていく。それはまるで一枚の絵のようで、そのまま立って見ていると、向こうも気が付いて、

「いってらっしゃい」

　と手を振ってきた。陽一は手を振り返すのが気恥ずかしく、

「おう」

　と小さく返事して、また歩き出した。

　そんな朝が何日か続くと、白かったユカリの肌は、あっという間に陽に焼けてしまい、鼻の頭も腕も真っ赤になって、見ているだけで肌がヒリヒリするほどだった。一応帽子は被っているものの、Tシャツに短パンで陽射しの遮るもののない畑のなかに長時間出ていれば当然で、

「お前、せめて日焼けどめくらい塗れよ」

　と忠告したが、

「塗っても、汗ですぐ落ちるから意味ない」

とクールな返事がかえってくるだけだ。

一週間が経つと、元の色白の少女と比べると、もはや別人の域だった。陽一は、ちゃぶ台の前に座った褐色の少女を前にして、こいつ誰だよ、と啞然としてしまうほどだった。増井さんや〈ロッキー・マート〉のレジ打ちのおばさんたちにも相当びっくりされたらしい。それでもユカリは、

「ま、しょうがないじゃん」

とクールに言い放ち、それどころか、二の腕の日焼けの境目を見せつけてきて、どうよ、などと自慢してくる開き直りっぷりだった。宇佐美のおじいさんとどっちが焼けてるか、腕を見せ合って競っているんだよ、と笑った。暑いとか、疲れるとか、そういう泣き言はひとつもこぼさなかった。フツー、このくらいの年の子って日焼けとか気にするものではないのかなあ、と陽一は思ったが、口には出さないでおいた。何を言ったところで、ユカリがきくはずもない。

「頑《かたく》ななんだよなあ」

陽一は自分の部屋で布団にひっくりかえって、つぶやいた。しかしユカリが頑ななのは、なにもいまにはじまったことではなかった。出会ったときから、そうだった。陽一はいまだによく覚えている。陽一と母、そしてユカリと義父、はじめての四人の顔合わせの日の

ことを。あれはそう、いまぐらいの時分、夏のことだった。四人はよく晴れたその日、洋食屋に行った。ユカリはまだ五歳で、これから自分たちが家族になるという状況を、一人だけいまいち理解していなかった。だけどユカリは、自分が頼んだお子様ランチのてっぺんに立っていた旗を、なぜか陽一にあげると言ってきかなかった。陽一はそのときすでに中学生で、そんなものを欲しがる年はとうに過ぎていたのだが。

「いいよ、それはきみのだもん」

何度断っても、ユカリはブンブンと首を振って、決して諦めようとしなかった。それをもらえば、陽一が喜ぶとなぜか信じこんでいた。母も義父も苦笑した。

「陽一くん、もらってやってくれないかな？　この子、言いだしたらきかないから」

義父が人のいい顔で言い、陽一は渋々それを受け取った。

たちまち潤《うる》んだ幼い瞳が細まり、少女が微笑んだ。

正直に言えば陽一は、母の再婚話には乗り気ではなかった。この年になっていまさら父親と妹ができるなんて煩《わずら》わしいだけだ。だけどその瞬間、気が付いたら、全部をすんなり受け入れていた。これからはじまる生活、新しい家族。きっと大丈夫だ、そんな気がした。

陽一はそのときもらった旗を、十年経ったいまもこっそり財布に入れて持っている。どこの国ともわからない水色の、小さな旗を。

陽一は布団から起き上がると、財布をおもむろに通勤鞄から出すと、隅っこに入っていた旗を取り出して、久しぶりにしげしげと眺めてみた。自分がお守りのようにこれを持ち歩いていると知ったら、ユカリはどう思うだろう。とはいえ、絶対に教えるつもりはないが。

「ああ、しまった」

このあいだ、ユカリに「私のどこがよいところ？」と尋ねられたとき、なんでその答えが出てこなかったのだろう。オレが誰よりもそのことを知っているのに。

告白した鈴木くんは、きっとそんなユカリの頑なさを知らなかっただろう。知ったら、おそらく戸惑ったのではないか。だけどユカリのよいところは、あの頑なさなのだ、と思う。世の中は、きれいなもの、華やかなもの、派手なものほどもてはやされる傾向にあるけれど、ユカリはそういうものに一切惑わされない。ブレるということがない。ときどき一緒に暮らしているこっちが心配になるくらいに。

「頑なんだよ、そう、頑な」

陽一は一人で何度もつぶやいて、やがて眠りに落ちた。その夜は、あんまり頑なと繰り返していたせいか、巨大な岩に追いかけられる夢を見た。

八月も半ばになったころ、ムサシとマリエが相田家に遊びに来て、真っ黒に変わり果てたユカリの姿を目にして茫然とした。ユカリだけがどこ吹く風で、

「ムサシくんとマリエちゃんが来たし、かき氷でもつくるかあ」

といたって平然としていた。

ムサシがひそひそ声で、

「ユカリさん、どうしたんですか?」

と、かき氷機を黙々とまわしているユカリを横目に尋ねてきて、

「日焼けサロンにでも行ってんですか」

マリエも、夏を機にイメチェンしてギャル系になるつもりか、と本気で心配していた。

陽一が簡単に事情を話すと、ムサシはすっかり感心してしまい、

「じゃあ、ボク、手伝おうかなあ」

などと言いだした。

「やめとけ、やめとけ」

と陽一が引き止めると、

「そうよ、あんな風に焼けたら悲惨よ」

とマリエもぞっとしたように言い、「私は清楚系で売ってんだからね。美白命なんだか

ら」とぼやく。それでもムサシは、

「でもボク、ユカリさんの役に立ちたいし」

などと殊勝なことを言う。まるで恋しているような口ぶりだった。なるほど、傘の一件以降、ムサシが相田家によく来ているとユカリからは聞いて知っていたけれど、そういう理由かららしい。もちろんその手の話に鈍い妹は、全く気付いていないようだが。

マリエは、それがまったくもって面白くないようだった。

「私は絶対イヤだからね」

おっかない顔でムサシに言う。

「別にマリエちゃんには頼んでないよ」

「なによ、ムサシのくせに生意気」

「なんで怒ってるの、マリエちゃん？」

「怒ってない！」

「怒ってるじゃん」

二人が言い争うのをニヤニヤと余裕の笑みで眺めていると、ムサシがやるなら私もやる、とマリエがわめき出し、なぜか知らないうちに陽一までが手伝うことで話がまとまっていた。

「イヤだ、オレはやんないからな」

と陽一は最後まで抵抗したが、誰も聞く耳は持たず、

「明後日にトマトとナスときゅうりのあらかたを収穫するつもりなんだ。一人じゃ大変だと思ってたから助かる」

とユカリに無邪気に喜ばれ、とても断れる雰囲気ではなかった。

種田さんがふらふらとそばにやってきて、「しっかりな」と言うように、肉球で陽一の膝をぽむと叩いた。

「いや、元はと言えばお前のせいだから」

陽一はどこまでもお気楽な種田さんに、恨み節を言った。

かくして貴重な夏休みの一日は、畑仕事に費やされることになった。朝早くからたたき起こされるしで、とんだ災難だった。

シャケと卵焼きの朝食をせかされながら食べ、宇佐美家を訪ねると、おじいさんはもう玄関先で二人を待っていた。

「おはようございます！」

にこやかに挨拶するユカリに、

「今日もわりいなあ」

とおじいさんは申し訳なさそうに言った。それから陽一に目をとめて、

「で、あんたは、どちらさんですかぁ？　嬢ちゃんのコレかぁ？」

と赤ん坊のような無垢《むく》な表情で、親指を立てて見せた。男か、という意味だったが、ユカリは理解できておらず、ぽかんとした。陽一が横から、

「いや、兄です。兄の陽一」

とあわてて名乗った。

「ああ、そうかぁ、なんだぁ。ずいぶんひょろっこいなあ」

「今日は、この人も手伝うんで。あとから二人、応援も来ます」

ユカリから説明されて、おじいさんは恐縮したようだった。

「めんぼくねえ、めんぼくねえ」

しきりに二人に頭を下げてくる。陽一はユカリに尻を叩かれ、

「あ、そんな、ぜんぜん。どうせ暇でしたから」

と必死にフォローした。

それでも申し訳なさそうな顔をするので、目上の人にそんな態度をさせておけるはずもなく、陽一は、

「おし、じゃあやるかあ」

と気合いのこもった声を出した。自分で思っていたのと違い、実に頼りない声だった。草食動物が虚勢《きょせい》を張っているような声だったが、それでも多少は気分も高揚《こうよう》した。隣の浅黒い少女が「おー」と手を挙げて応えた。

まだ陽は高くないが、それでも十分に暑かった。自分の濃い影が落ちた土の表面に、顔からこぼれた汗がしみ込んでいく。吹いてくる風は、ドライヤーの温風みたいだ。頭に巻いている水で浸した手ぬぐいが、あっという間に乾いてしまう。こんななかでユカリは働いていたのか、と陽一はいまさらながら感心した。しかもタダ働きである。よくまあ、毎日続けたもんだ、と感心してしまう。

おじいさんに教わったように、中玉トマトはヘタを親指で押さえながら、実を持ち上げると、フシの部分できれいに折ることができた。トマトはずっしりと重たい。穫ったものは、腰の竹籠《たけかご》に入れていく。枝一本でもかなりのトマトが実をつけていて、かなりの重労働だった。隣の畑ではユカリが額から滝のような汗を流し、陽一とおそろいの白い軍手をして、ナスの収穫に当たっている。

これは一体いつ終わるのだ。そう思いつつ、魔法瓶のなかの麦茶を一気飲みしていると、やっとムサシとマリエの応援部隊が現れた。子どもに頼るのも情けないが、この際、贅沢は言っていられなかった。

「頼んだぞ、子ども部隊」

と陽一は二人に声をかけた。

「おはようございます」

ムサシは相変わらず、礼儀正しくきちんと挨拶した。さすがにおじいさんも、ムサシをマリエの男だとは勘違いしなかった。

マリエは上から下まで完全防備で、蜂《はち》の巣駆除の仕事でもしそうな恰好《かっこう》だった。

「今日のために用意したんですから」

勝ち誇ったように言った。が、実際に動いてみると中が地獄の暑さになるようで、すぐに、

「リタイアします」

と早々に宣言して、冷房のきいた宇佐美家に逃げ込んだ。

「あいつ、ぜんぜん役に立たねえ」

陽一が呆れると、

「すみません」

とムサシが代わりに謝った。

それでも、手分けして、どうにか午前中に収穫を終えることができた。きゅうりだけは

まだ育ち切ってないものが多かったので、よさそうなものだけを注意深く剪定《せんてい》し、あとは後日にということになった。おじいさんの畑の野菜は、スーパーに並んでいるようなのとは違って、どれもごつごつとして、お世辞にも見栄えがよいとは言えなかった。でも表面がつやつや輝いていて、新鮮そのものだった。おじいさんが水道でトマトを洗ってくれ、手渡してくれる。かぶりつくと、食べ物そのものの味がする気がした。夏の味だ、と思った。

宇佐美家の縁側からは、ずっと隣の垣根まで続く畑が一望できた。風にそよぐ青々した葉。土のつんとした匂い。鼻のてっぺんをかくと、日焼けのせいでヒリヒリした。太陽はいまだ空の低い位置にあった。まだ一日ははじまったばかりで、手つかずの午後がまるまる残っている。なんだか子どもだったころの夏休みを思い出してしまう。あのころは、時間は無限にあるような気がした。なんだってできる気がした。そして決まって、夏の終わりが迫ってくると、無性に悲しくなったものだ。

「どしたぁ?」

おじいさんに声をかけられて、

「あ、いいえ、なんでも」

と陽一は笑った。

「トマト、うまいっす」

ムサシとマリエも横で、うんうん、と一緒にうなずいた。それを見て、おじいさんが顔をくしゃくしゃにして喜ぶ。

「こっちこそ、今日はどうもあんがとねえ。いくらでも持ってってなぁ」

「あ、はい。いただきます」

陽一はぺこりと頭を下げた。しばらく相田家には、おじいさんの野菜をつかった料理が並ぶことだろう。楽しみだ。

「これで孫にもいっぱい送ってやれるよぉ」

「元気な赤ちゃんが生まれるといいですね」

「みんなが穫ってくれた野菜食べれば、大丈夫だよぉ」

おじいさんの笑みは、ユカリの言っていたとおり、とても素敵だった。ああ、そうか。この笑顔が見たくて、あんなに必死になっていたのか。自分の時間を削って、真っ黒に焼けてまで。自分が得だとか損だとか、そういうことは考えない。理屈じゃないのだ。自分が正しいと信じたことを、愚直なまでに頑固《がんこ》にやり遂げる。

「ハセっち、ほら、こっち」

「ちょっとユカリってば、引っ張んないでよ」

畑にはさっきひょっこり現れた長谷川さんの姿があった。塾の帰りに様子を見にきたらしい。ユカリは、あっついよーと不平を言う長谷川さんの手を無理やり引っ張って、畑を案内しているところだった。陽一のいる縁側からもその顔が笑っているのがわかる。お子様ランチの旗をくれたときと、何も変わらない笑顔。

おじいさんも、陽一の隣で畑の方をまぶしそうに見ていた。

「あんたの妹さんは、ほんとにいい子だよぉ」

「頑なヤツでして」

陽一が苦笑すると、大げさに手を振って、

「いやいやぁ、大したモンだよ。毎日、ニュースなんかじゃ暗いことばっかやってて気がめいるけどよぉ、あの子を見てると、世の中そう捨てたもんじゃねえなあって思えンのよ」

おじいさんはそう言って、くしゃりと笑った。

陽一も自然と笑顔になった。体はぐったり疲れていたが、心は不思議と軽やかだった。

食べかけのトマトにかぶりつくと、やっぱり夏の味がした。

＊

八月も終盤になると、ユカリの肌は面白いほど皮がはがれた。黒い皮をはがせば、それより少し白い肌が生々しく姿を現す。腕の皮をぺりぺりはがしながら、

「なんか、脱皮してるみたいだなあ」

とユカリは、淡々と感想を述べた。風呂上がりで扇風機を寝転んで浴びている陽一に、

「そのうち、私の下からトム・クルーズが出てくるかもよ」

笑って言うと、

「しょうもな」

と陽一は呆れていた。

「鈴木くんが泣くよ」

「鈴木くん？　誰だっけ？」

「えー、もう忘れたんか？」

嘆くように言われて、ユカリはようやく鈴木くんのことを思い出した。

「あッ、そうそう、鈴木くん。やだなあ、覚えてるよ」

　ユカリがあわてて言うと、陽一は「ひでえなあ」とさらに呆れた。と思ったら、急に
「あ、そうだ」となにか思い出したように顔を上げた。

「なに？」

「お前のよいところはね」

「え？」

「頑ななところ」

「なにそれ？」

　ユカリはぽかんと口を開けて聞き返した。だが陽一は、「ああ、すっきりした」と一人で勝手に満足している。

「なによ、なに、いまの？　頑なってなに？」

　しかし陽一はいつの間にか、すうすうと気持ちよさそうに寝息を立てている。

「いまのって、褒められたの、私？」

　頑なって、つまり頑固って意味だよなあ。それって褒めてると言えるのか。でも、「お前のよいところは」と言っていたし。

　釈然とせず、ユカリは種田さんを膝に乗せて、うーんと首をひねった。一方、陽一は気持ちよさそうにいびきをかきながら、「ぐふ、ぐひひ」と笑っている。一体こいつはどん

な夢を見てるんだ。ユカリが思いきり尻をひっぱたくと、「フギャッ！」と叫んだ。

夏休みが明けたばかりのある日、ユカリが長谷川さんと音楽室に向かって廊下を歩いていると、鈴木くんが友人と喋りながら前から歩いてきた。鈴木くんは夏休み前となんら変わらず、日に焼けてるわけでもなく、髪が伸びてるわけでもなく、相変わらずつるんと特徴のない顔をしていた。

一瞬だけ、目があった。が、すぐに何事もなかったように、そらされてしまった。ユカリはもう、この人とは一生話したりすることはないんだ、と思ったら、なんだか急に悲しくなった。もっと別の出会い方だったらよかった。私をはじめて好きだと言ってくれた人。彼の目には、自分はどんな女の子として映っていたのだろう。聞いてみたかったような、やっぱり怖いような。本当の私を知ったら、彼はなんて思っただろう。なんにせよ、一言だけ彼に伝えたかった。もちろん、それもいまとなっては遅い。だから遠ざかっていく白いワイシャツ姿の後ろ姿に、

(好きになってくれて、ありがとう)

胸のうちでそっとつぶやいた。

「なに、どったの？」

隣の長谷川さんに問われて、

「ううん、なんでも」

ユカリは首を振った。

「行こ」

そして陽の差し込む廊下を、再び歩き出した。

その五　ポトフにご飯

立てつけの悪いサッシを開けて縁側に出ると、夜風が思ったよりも冷たくて、

「ハックション」

とユカリは大きなくしゃみをした。渾身《こんしん》のくしゃみだったので、うい～、と思わずオッサンのような声が出てしまった。でも、家に一人なのでとがめられることもない。

いつの間にか、秋もずいぶんと深まり、夜はだいぶ冷える。庭に植わった紅葉《もみじ》が赤く色づいてきているのが、薄闇の中でもわかる。茂みの奥から、リンリンと鈴虫の涼やかな鳴き声が聞こえた。裸足で出たせいで、足の裏から芝生のひやりとした感触がそわそわと這い上がってくる。そのそわそわした感じが、心地よい。

「おー、さむさむ」

ユカリはつぶやきながら、窓を閉めた。もう羽毛布団も出さないとダメだなぁ。

玄関の方で、引き戸がカラカラと開く音がした。座布団の上で丸くなっていた種田さん

がぱっと目を覚まし、大きく伸びをしてから、廊下をとっとっと、と軽快に走っていく。

「おー、さむさむ」

さっきの自分と同じつぶやき声が聞こえ、ガチャリとフック式の内鍵がかけられる音が響く。ユカリは種田さんのあとに続き、廊下をぺたぺた裸足で歩いて、陽一を玄関まで出迎えた。

「おかえり」

「ん」

「寒かったでしょ」

「ああ、今日は冷えるわぁ。もう秋だなあ」

「だねえ」

陽一は秋物のコートを脱いで三和土《たたき》をあがると、足元でコロコロ転がってまとわりついてくる種田さんをつま先でくすぐった。種田さんは、おふうと声を出して喜んだ。いつのまにか、すっかり儀式化している。背中を軸にして、種田さんはブレイクダンスのようにくるくるまわる。陽一は種田さんを転がすのが、ものすごくうまいのだ。

「おまえ、裸足じゃん」

種田さんのふわふわの白いおなかを足で器用にもみながら、陽一が足元を見て怪訝《けげん》な顔をした。

「そーだよ」

「冷たくないの」

「冷たいのが、いい」

「なんじゃそりゃ」

　陽一は不可解そうに首をひねった。が、妹が不可解な存在なのは昔からなので、それ以上の追及はやめたようだ。

「なんか、あったまるもんが食いたいなあ」

「そう思って、ポトフにしたよ」

「ほほぉ」

　と陽一はほくほくした声を出した。

「ポトフとな。相田家もオサレになったもんだ」

「このあいだ、料理番組見ながら、食べたいってうわ言みたいに言ってたでしょ。はじめてだし、味の保証はないよ」

　いつものように二人で分担し、ちゃぶ台に夕飯を並べた。スープは黄金に輝き、湯気とともにコンソメのやさしい香りが立ち上ってくる。

「こいつは美味そうだ」

陽一は、ぐふふと笑った。

純和風の相田家に、ポトフは少し浮いていたが、悪くない味だった。じゃがいももにんじんもほろほろで、おなかの底からぽかぽかと温まる。二人ともポトフと付け合わせの白菜の漬物をおかずに、白飯を食べた。陽一が納豆を食べたがったので、ユカリは二人分の納豆を冷蔵庫から取り出し、刻みネギをのせた。「朝の残りでよければ、味噌汁もあるよ」と声をかけると、「ちょうだい」と言うので、鍋で温めて、麩も入れてやった。

「そういえば、三者面談、来週だっけ?」

陽一は味のしみ込んだソーセージをはぐはぐ食べながら、思い出したように言った。三か月後に迫った高校受験の志望校に関しての話し合いだ。陽一は会社を早退して直接学校に行くことになっている。

「うん、よろしくね」

「お前、もう第一志望とか決めてるの」

「うん」

とユカリが家から一番近い公立高校の名前を口にすると、

「ああ、あそこ。けっこう偏差値高いんじゃなかったっけ?」

と陽一は眉をしかめた。

「まあ、そこそこ。でも家から近いし、公立だし、そこがいいと思ってる」

「大丈夫なのか？　オレも希望したけど、偏差値たんねーからって担任に速攻却下された学校だぞ。そんな近所とか金が安いからとかの理由で決めていいわけがないだろう」

と陽一はいかにも保護者然とした厳《いか》めしい声を出した。しかし、

「一応、このあいだの模試ではＡ判定だったよ」

さらりと言われて、

「ああ、左様ですか」

と納豆ご飯をもそもそかきこんだ。ポトフが入っていた皿は、もうとっくにカラになっている。おかわりをついでやると、むふふと喜んだ。気に入ってもらえたようで、ユカリは機嫌をよくした。レシピ帖に一品追加。義母、サチコさんから受け継いだレシピ帖にも、気が付けばずいぶんと新メニューが増えた。それが、ちょっぴり誇らしい。また忘れたころにつくって喜ばせてやろう、と思った。

ところが、おかわりが運ばれてくると、陽一は、

「……なんかヘンじゃないか」

と、ちゃぶ台に並んだポトフにご飯茶碗、味噌汁、納豆、白菜の漬物をあらためて見て、

首をひねった。

「なにが？」

「なんか違和感がある」

ユカリもちゃぶ台に並ぶ、ポトフとご飯を見た。言われてみると、そんな気もしてくる。テレビで見たのとは何かが違う。期待していたようなお洒落感がどうもないような気がする。というか妙に所帯じみて、ポトフがかすんでいる。

「なんだろね」

二人でしばらく首をかしげたが、結局どこがいけないのか、わからずじまいだった。

＊

翌日、ホームルームのあとで、担任である井上先生が来週に控えた三者面談について触れた。家に帰ったら、もう一度親に時間の確認をしておくように、とのことだった。

ホームルーム終わり、ユカリは廊下で井上先生に「相田、ちょっといいか」と声をかけられた。それで職員室までついていった。

朝の職員室は、ざわざわと落ち着かない様子だった。先生たちは慌《あわ》ただしく立ったり座ったりと落ち着きない。朝っぱらから叱られている男子生徒もいる。漫画を学校に持ち込んだのがばれたらしい。全体的に、ピリッとした空気が充満している。一体なんの用事で呼ばれたんだろうと、気をもんでいると、

「相田ンところは、たしかお義兄《にい》さんがくるんだよな」

「そうです」

三年生から担任になった井上先生は、連絡帳でのやり取り以外、陽一と面識がなかったので、事前に確認をしておきたかったらしい。複雑な家庭環境だ、と前任の先生から聞かされてでもいるのだろう。体育教師の井上先生はがたいもよく態度もでかいのに、その見かけに反して、面倒ごとをやたらと避けたがる傾向にある。相田家は先生からすると、面倒な家庭の匂いがしたのだろう。

「仕事してんだろ。木曜、時間大丈夫そう？」

「はい、伝えてあります。早退してきてくれるそうです」

そんなのは先月には決まっていたことだ。なにをいまさら、と思ったが、ユカリは丁寧《ていねい》に答えた。

「ああ、悪いな、忙しいのに。お義兄さん、いくつだっけ？」

「もうすぐ二十六になります」

「ずいぶん若いなあ」

「まあ、兄ですから」

「志望校のこととか、ちゃんと伝えてあるんだろうな」

「はい」

「ふーん、ならまあいいか」

と井上先生は、茶をすすりながらつぶやいた。見るからに、ホッとしていた。わかりやすい人である。今度はご機嫌な様子で、

「そうか、相田のお義兄さんかあ。さぞかしきっちりした人なんだろうな」

勝手に一人で納得しながら太い腕を組み、うんうん、と感心したようにうなずいた。

「きっちりはしてません。どっちかと言うと、うっかりしてます」

「はっはっは。相田も冗談を言ったりするんだな。いいぞ、そういう姿勢は。お前はそのくらい、元気がある方がいい」

ユカリは、大いに戸惑った。冗談ではなく事実を述べたつもりだったのである。

「あ、てことは、お義兄さん、ひょっとして、ここの中学出身?」

「はい」

「二十六か。なら、鹿野《しかの》先生と同級生なんじゃないのか?」

井上先生は向かいのデスクで出席簿をチェックしていた、副担任の鹿野先生に声をかけた。

いきなり自分の名前があがって驚いたのか、油断しまくっていた鹿野先生は、

「はえッ？」

と、気の抜けた声をあげた。職員室にいた全員が一斉に彼女を見た。ざわざわしていた室内が、急にしーんとして、整った顔立ちの鹿野先生の顔が、みるみる赤くなった。

すべての視線が集まる中、鹿野先生は「おほおほ」とわざとらしい咳払いをして、すべてをなかったことにしようとした。職員室は、また騒がしさを取り戻す。

「なんでしょう、井上先生？」

鹿野先生が落ち着いた口調で尋ねた。

「あー……、うん。相田のお義兄さんが、鹿野と同級生なんじゃないって話だよ」

「へえ、相田さん、お義兄さん、なんてお名前？」

「陽一です」

ユカリが答えると、鹿野先生は、スパンと机を強く叩いて、

「知ってる！　おんなじクラスだったよ！」

と、またも職員室中に響き渡る声で叫んだ。その瞬間、机に乱雑に積み上げてあったプ

リントが、ドドドと勢いよく崩壊《ほうかい》した。それはもう絶妙のタイミングで、まるで昔のコントのようであった。

「わあ、雪崩《なだれ》だあ！」

慌てて床に散ったプリント類を集めている鹿野先生を、ユカリも手伝った。どういう順序で並んでいたのかわからないので、とりあえず一枚ずつ拾い集め、端を整えて差し出すと、

「ああ、ありがとう、相田さん！」

と鹿野先生は、泣きそうな声を出した。あちこちで笑いが起きた。叱られていた生徒まで、一緒に笑っている。ピリついていた空気が一気になごんでしまった。

「派手にやったなあ、おい」

「毎度毎度、やらかしてくれるわねえ」

「ほんと、スミマセン！」

しきりに恐縮しているが、やっぱりどこか気の抜けた声だった。それがもう、鹿野先生という人柄を如実《にょじつ》に表している。ユカリは、一瞬でこんな風に場の空気を和《なご》ませてしまう鹿野先生はすごい人なんじゃないか、と感心してしまった。狙っているわけではなく、素でこうなのが、なによりすごい。

「えーと、それでなんの話だったかしら？」

「うちの兄と先生が、同級生だって話です」

「ああ、そうだった、そうだった」

鹿野先生は、いつもの化粧っけのない顔をパッと輝かせた。朝起きて顔だけ洗って出てきたかのようだ。服装もブラウスにコットンパンツと、若い女性教師の割にいつも同じパターンの服しか着ない。生徒たちから、もう少しおしゃれしなよ、と突っ込まれているほどだ。見ていて悲しくなる、という子までいる。でもユカリは鹿野先生をみすぼらしいとか悲しいとか思ったことは、一度もない。決して美人とは言えない。でも、内面からにじみ出る美しさがあるとユカリは思う。何気ない仕草や表情から、肩肘張らずに生きてる感じが伝わってくるのだ。それに、教師という仕事をほんとうに好きでやっているのが、授業の取り組み方からもよくわかる。

「相田陽一くんね、中二、中三って同じクラスだったよ」

「そーなんですか」

とユカリは、目をしばたたかせた。

「そっかぁ、相田さんは相田くんの妹さんなのかあ。ぜんぜん知らなかった」

「ですねえ」

二人でひとしきり感心しあった。

「そういえば、中二の夏くらいに、苗字が変わったんだよね。お母さんが再婚したとかで」

「そうです、うちの父が相田なので」

井上先生が大して興味もなさそうにお茶をすすりながら、割って入った。

「へえ、バリバリ知り合いじゃないか。鹿野先生も面談、参加するし、会えるじゃん」

「そうですね。まあ、相田くんが私のこと覚えてるかわかんないですけど。なにしろ、ほとんど話したことないし」

鹿野先生の声は、それでもとても弾んでいた。もう一時間目がはじまる時間だったので、話はそれで終わった。

夜、そのことを報告すると、

「ああ、わかるわかる！　シカちゃんね！」

と、陽一もまたはしゃいだ声を出した。自分の部屋からわざわざ卒業アルバムを探し出してきて、

「ホラ、この子だよ」

と一人の生徒の写真を指さす。まだあどけなく、肌も健康的に焼けているが、たしかに

鹿野先生だった。当時は、陸上部でカモシカのように引き締まった足をしていたから、苗字の上の漢字をとって、女子のあいだではシカちゃんと呼ばれていたそうだ。

「へえ、教師になったんだ。しかもユカリのクラスの副担任って」

　陽一はしみじみと言った。

「シカちゃん、昔から、面倒見のいい子だったもんなあ。でもなんかちょっと抜けてるとこもあってさあ」

　そこはあんまり変わってないな、とユカリは思ったが、鹿野先生の名誉のため黙っておいた。

「仲良かったの？」

「いや？　ぜんぜん」

　陽一はしれっと言い放った。それどころか、当時はシカちゃんなどと、陽一があだ名で呼んだことは一度もないらしい。「男子と女子が仲良くするなんて奇跡みたいなこと、オレのまわりじゃなかったよ」とのことだ。

「でも一度、みんなで動物園に行ったことがあるんだよ。あれ、なんでそんな話になったんだっけなあ。男子四人と女子四人で、電車で一時間かけてさあ、わざわざ行ったんだよなあ」

「へえ」

ユカリは思い出話に耳を傾けながら、アルバムのなかの兄の姿を探した。陽一は卒業写真に半分、目を閉じて写っていた。シャッターを切った瞬間に、まぶたを閉じてしまったのだろう。別のページのどの写真を見ても、やはり半目状態でピースをしたり、へらへら笑ったりしていた。

「シカちゃん、かわいくなってた？　当時から磨けば光る素材だってのは感じてたんだよ」

結局気になるのはそこか、とユカリは呆れた。というか、磨けば光るとか、なんでこの人は上から目線なんだ。

「なんかこう、すかっと清々しい先生だよ。授業にも熱心で、生徒に人気あるみたい」

「ほーん、再来週は法事もあってバタバタするし、その前に三者面談とかめんどいだけだなあって思ってたけど、楽しみができたわー」

と陽一は浮かれた調子で言った。

「そういうこと、私の前でよく堂々と言えるね」

「おっとっと」

陽一はへたくそな役者のように口をおおげさに押さえた。ご機嫌なのはけっこうなことだが、ユカリにはどうしても気になることがあった。

「ところで、兄さん」

「なによ？」

「なんで兄さんは、どの写真でも目が半開きなの？」

ユカリはアルバムをめくりながら言った。委員会の集まりの写真も、修学旅行の写真も、やはり陽一は半目状態であった。

「は？　どれのことよ？」

疑わしげに言って、陽一は横からアルバムを覗《のぞ》き込んだ。どうやら自覚はなかったようだった。

「ほら、これもこれも。あ、これもだね」

「うわ、ほんとだ！」

隣でバカでかい声を出され、ユカリは反射的に耳をふさいだ。

「気づいてなかったんだ？」

「うん」

「フツー気づくでしょ」

呆れて言った。

「いやいや、卒業アルバムなんてフツー見ないだろ。うわあ、落ち込むわあ。なんでオレ、そんな間抜けな顔してンのぉ。思い出台無しじゃん」

陽一はちゃぶ台に突っ伏して、身悶《みもだ》えた。思わぬきっかけで知ってしまった事実に、相当ダメージを食らったようである。ほとんどの写真で無自覚に目をつぶってしまうとは、とことん間が悪い。しかし、そこが兄らしいとも言えた。

「ま、ドンマイ」

とユカリは肩を叩いて慰《なぐさ》めた。


三者面談の日、仕事先から直行したので、陽一はスーツ姿だった。ユカリは、そんなまともな服装の兄と廊下で自分の順番が来るのを待っているのは、妙な気がして落ち着かなかった。どうにもうさん臭い。もっとも、来週は法事で今度は喪服《もふく》姿の兄を見ることになるのだが。法事は陽一にとっては、訳あってなかなかしんどい日なのである。ユカリも少し憂鬱《ゆううつ》だったが、とにかくいまはそのことは考えないように努めた。

陽一も保護者として、多少は緊張しているようだった。

「井上先生とは初顔合わせだし、舐《な》められないようにしないとな」

などとネクタイを締めなおして言っている。

が、名前が呼ばれて、教室に入っていくと、そんなことは吹っ飛んでしまったようで、

「おぉ、鹿野さん！」

「相田くん、久しぶりだねえ。まさかこんな形で再会するとは」

「だよなあ、同窓会もやってないもんなあ」

と、鹿野先生と陽一はそこが自分たちが通っていた中学校ということもあり、井上先生の存在は完全に無視で大いに盛り上がった。

「シカちゃん、教師になったんだね」

兄がしれっとシカちゃんと呼んでいて、ユカリは、油断ならないヤツだ、と心のなかで思った。

「うん、そうなのよ、ごらんのとおり、教師なのよ」

鹿野先生が両手を広げて教師アピールをしてくるのを、陽一は目を細めて見た。

「あの、天然キャラのシカちゃんがねえ。しょっちゅう忘れ物して、叱られてたのに」

「あはは、いまでもしょっちゅうやらかすよ。相田くんは、なんかのほほんとしてたイメージだなあ。田んぼで、ボーッとしてる案山子《かかし》みたいな？」

「えッ、なんだよ、それ。ちょっとひどくない？　そういや一度、みんなで動物園行ったよね。あれ、なんでだか覚えてる？」

「うん、覚えてる。あのとき、日曜日に合唱コンクールの自主練しようってことになったんだよ。でも実際集まったら八人しか来なくて、こりゃダメだってなって、動物園に行ったんだよ」

「うはは、ウケる。そうだった、そうだった。それでやってられるかって、話になったんだよなあ。あんなまとまりのないクラスだから、いまだに同窓会のひとつもやらないままなんだよ」

「相田くん、動物園の池でナッパとボート乗ってたよね」

「そう、ナッパ！　乗ったなあ、ボート。あの子、元気してる？」

「元気だよ、いまもときどき会う。再来月結婚するんだよ」

「マジ？　あの、ボートから落ちそうになって暴れてたナッパが？」

ユカリは二人の様子を茫然と見ていた。なにしろ、こんなに饒舌《じょうぜつ》な兄を見るのははじめてのことだ。それにこんなに楽しそうなのも。たいして仲がよくなかった同級生でも、十年ぶりに会うとそんなにうれしいものなのだろうか。それとも鹿野先生が特別なのか。だとしたら、やっぱり鹿野先生はすごいと思う。

「あー、コラコラ」

とうとう井上先生がしびれを切らして口をはさんだ。

「盛り上がるのもわかるけどねえ。思い出話は、あとにしなさいよ」

陽一と鹿野先生は、あッと揃って声を上げた。二人ともバツが悪そうに頭をかく。妙に息がぴったりである。

やっと本来の役目を思い出した陽一は、姿勢をピンと正して、

「申し遅れました。相田陽一です。妹のユカリがいつもご面倒をおかけしています」

と深々と頭を下げた。しかしいまさらどうにかなるはずもなく、うすら寒い空気が教室に流れた。

「……とりあえずどうぞお座りになってください」

井上先生に促され、陽一は、

「はい！」

と大慌てで座った。鹿野先生はとっくに何事もなかったような顔で、井上先生の隣に背筋を伸ばして座っていた。ユカリは顔から火が出る気分だった。

微妙な空気の流れる中、三者面談もどうにか終わり、ユカリたちは学校を出るために昇降口に向かった。歩きながら、ユカリはさんざんに陽一をなじった。

「バーカバーカ」

「だから悪かったって」

さすがに反省しているようで、陽一はしきりに謝っていた。すると、「おーい」と鹿野先生が追いかけてきて、二人の前で止まった。

「相田くん、さっきはごめん。つい興奮して」

「いやあ、オレの方こそ」

「今度、改めてゆっくり話そうよ」

「うん」

鹿野先生は、「じゃ」とまた教室の方へ走っていった。と思ったら、ピタッと立ち止まり、踵《きびす》を返すと、

「そうだ、連絡先、交換する？」

と少し照れくさそうに戻ってきた。

「あ、うん、そうね。知らんもんね」

陽一もアワアワしつつ、上着のポケットからケータイを取り出す。が、二人とも操作がいまいちよくわからないようで、「お、こうか」「あれ、違うね」「おかしいな、この前はこのやり方で……」などとずっとまごまごとやっている。おそろしくじれったい。ほとんどケータイを使わないユカリでも、そのくらいならわかる。普段、この人たちはどうやって連絡先を交換しているのか、と不思議でならなかった。たぶん、こうやってアワアワし

ているのだろう。仕方がないので、ユカリが「このボタンじゃないですか」と教えてやると、

「おお、できたできた」「相田さん、やるわねえ」

と二人して無邪気に喜んでいる。子どもか、この人たちは。しかしそんなところも合わせて、妙に馬の合いそうな二人であった。

おやおや？　とユカリは思った。これはひょっとしたら、ひょっとするんじゃないの？

鹿野先生と別れて、二人で学校から家まで歩きながら、兄の様子をチラッと窺《うかが》ってみる。特に浮かれた様子はなかった。

「なに、なんだよ？」

「よかったね、鹿野先生と再会できて」

「まあね。元気そうだし、よかったよ」

「連絡先なんて交換しちゃってやるじゃん」

実際にボタンを押したのは、ユカリではあったが。

「は？　いや、別に同級生だし、フツーだろ？」

冷静を装っているのか、ほんとうにどうとも思っていないのか、判断しかねる反応だった。おそらく兄は、いかにも女の子っぽい感じの子が好きなんだろうな、とユカリは推察

する。服装も髪型もメイクも、きっちりして、男の人に甘い花のような笑顔を振り撒く女の子。要するに、わかりやすければわかりやすいほどいいのだ。鹿野先生は、そういうタイプではない。花でたとえるなら、花屋で華やかに咲いているのではなく、空き地の隅っこでこっそりと笑っている花だとユカリは思う。それに果たして兄は気づくだろうか。

(鹿野先生のそういうところが、いいと思うンだけどなあ)

ユカリは心のなかでつぶやいた。

しかし、ここで焦ってはいけない。長谷川さんのお姉さんのときの、あの惨劇を繰り返してはいけない。そのためにも慎重にいかなければ。ユカリはこれ以上の追及は控えることにして、秋空の下を黙って歩いた。

＊

三者面談の翌週に、相田家の法事があった。交通事故で死んでしまった二人の両親の命日である。遠方からも親戚がやってきて、近所の寺に親類一同が顔をそろえた。

陽一の胃は、朝からしくしくと痛んだ。というより、先週くらいから実はかなり憂鬱だった。なにしろ集まりの大半はユカリ側の親戚で、五年前、ユカリの処遇《しょぐう》を巡ってさんざん揉めた間柄だ。いまだに良好な関係とは言えず、特に当時、ユカリはうちで預かると譲らなかった美智子《みちこ》おばさんは、陽一をいまでもあからさまに敵視している。おばさん夫婦には子どもがなかったので、ユカリを養女にするつもり満々だったのに、結果的に陽一がそれを阻止する形になってしまった。陽一としては兄妹で暮らすのが自然だ、とそれだけだったが、彼女には最後まで理解してもらえなかった。

あのとき、美智子おばさんは、

「あなたたち、血がつながってないじゃない。それにあなた、学生でしょ？　どうやってユカリの面倒を見るって言うの？」

と駄々っ子に諭すように何度も言った。陽一はそれに対して、

「でもオレたちは家族です。大学は辞めます。仕事をこっちで見つけます」

と必死に対抗した。

結局、判断はユカリに任された。ユカリは迷うことなく、陽一を選んだ。陽一の手を無言でぎゅっと握りしめ、決して離そうとしなかった。陽一もその小さな妹の手を、きつく握った。

だが遺恨はちっとも解決されぬまま、現在に至っている。それどころか、陽一への恨みつらみは年々、募っていっているようであった。それで一年に一度のこの日を待ってまし

たと、猛犬のごとく嚙みついてくるのである。寺での法要は距離をとっていればいいとして、そのあとの食事会は逃げ場もなく、陽一にとっては針の筵《むしろ》である。

ユカリもそのあたりは心得ており、いつもの和食料理屋に移った際、兄のピンチを救おうと隣に陣取ったが、美智子おばさんに「子どもはあっちのテーブル」と有無を言わさぬ口調で追いやられてしまった。気が付けば、陽一の前には美智子おばさんが、ででん！と鎮座《ちんざ》し、見るからに臨戦態勢で、せっかくの寿司も味わえたものじゃなかった。

「で、あなたたちはうまくやってるの？」

ほら、さっそく来た。陽一はまるで味のしないマグロの握りを咀嚼《そしゃく》しながら、

「そりゃあもちろんです。兄妹、仲睦まじく暮らしておりますとも」

と強張った笑顔を返した。

「どうだか」

と美智子おばさんはフンと鼻を鳴らして言った。

(どうせオレがなんて答えても、この人は納得しないんだよな)

陽一は思ったが、どうにか笑顔は絶やさなかった。ここは耐える場所である。余計な口答えをして相手を刺激してはいけない。今日は母と義父の命日だ。二人の死を静かに悼む日である。こんな日に醜《みにく》い言い争いをして、天国の二人を悲しませるなどもってのほかだ。

「ユカリはもうすぐ、高校受験でしょう？　あなた、ちゃんとフォローしてやれてるの？」

「え、いや、それは……」

陽一は痛いところを突かれて、頭をかいた。

「ほら、ごらんなさい。ユカリはあなたになんでも話す？　去年聞いたときは、あの子が家事とかほとんどやってるって話だったわよね。まさか受験生のいまも同じなの？」

「いや、オレだって休みの日には家事もします」

「じゃあ普段は全部、あの子任せなのね」

美智子おばさんは、これみよがしに嘆息して見せた。

「うちで預かってたら、絶対そんな生活させないのに」

隣にいた美智子おばさんの旦那さんが、間に入ろうと、

「お前、もうよさないか。ごめんね、陽一くん。ちょっと飲みすぎたみたいで」

と言ったが、

「私は飲みすぎてなんていませんよ！　今日はね、この際だからはっきり言わせてもらおうと思って来たンだから！」

と剣幕に押されて、あっという間に撃沈した。

「あの子、あなたが仕事から帰ってくるまでずっと家に一人なんでしょ？　中学生の女の子が遅い時間まで、ずっと一人とか不憫《ふびん》すぎるわ」

「いえ、あの、種田さんがいますので……」

「種田さん？　それはどなた？」

「あ、えっと、猫です。うちの猫」

そのとき美智子おばさんの怒りは頂点に達した。

「猫！　猫がなんだってえのよ、エエッ？　大体、猫に種田さんとか大層な名前つけてんじゃないわよ、なンなのよ、種田さんって！」

「すみません……」

陽一は縮こまって謝った。まさか猫の名前が彼女の逆鱗《げきりん》に触れるとは、予想もしなかった。

その後も美智子おばさんの攻撃は容赦《ようしゃ》なく続いた。食事会がお開きになったころには、陽一はげっそりと疲れ果てていた。オレ、三キロくらい痩せたんじゃないだろうか、と本気で思った。

だが最もこたえたのは、美智子おばさんが最後に言い放った言葉だ。

「あなた、結局、ユカリをそばに置いておきたいだけなんでしょ？　自分が面倒を見てるって、いい人を演じて、気持ちよくなりたいだけなんでしょ。そんなのただの自己満足じゃない。あの子の幸せなんて、なんにも考えてないんでしょう」

陽一はなにも言い返せなかった。なにしろ、美智子おばさんのその言葉は、ときどき陽一自身が自分の心に問うてきた言葉、そのものだった。もっともらしい理由をつけて、ただオレはユカリをそばに置いておきたいだけなのではないか。ユカリまで手放してしまったら、オレにはもう家族と呼べる存在がいなくなってしまう。それはとてもおそろしいことだ。

「兄さん」

店を出るとユカリが駆けよってきた。ユカリは食事中もずっと陽一たちのことを、一番端っこの席からチラチラと気にしているようだった。

「おう、寿司、ちゃんとたらふく食ったか?」

なんでもない風を装って笑ったが、あまりうまくいかなかった。ユカリは心配そうに、陽一の目をじっと見つめてきた。

「そっちこそ大丈夫?」

「うん、まあ」

「助っ人入れなくて、ごめん」

「お前が謝ることじゃないよ」

陽一はそう優しく言うと、帰ろうぜ、とユカリの背中をそっと押した。

家に帰りつき、茶の間で二人揃って一息ついていると、廊下で電話がふいに鳴った。ユカリが出たが、しばらくして眉をしかめて戻ってきた。

「誰から？」

「なんか、ずっと無言だった」

「いたずらかよ。なんだよ、法事の日に気分悪いなあ」

「ちょっとね」

その後、その電話はたびたびかかってくるようになるのだが、このとき、二人はもちろんそのことを知る由《よし》もなかった。疲れていたこともあり、無言電話がかかってきたことさえ夜には忘れてしまった。

法事から数日後、シカちゃんから、

「相田くん、同窓会をしよう！」

というメールが送られてきた。

なんでも休日に、中学時代の女友だちとランチに行ったときに、三者面談での再会を話したら、当時の思い出話に一気に花が咲き、そんな流れになったというのだ。卒業して十年だし、同窓会をやるならいまだろう、と盛り上がったらしい。

「ナッパとマリンバがえらい乗り気でさ。幹事もやってくれるって」

アドレス交換はしていたが、シカちゃんからメールが来たのはそれがはじめてだった。連絡してみようかなと何度か思いもしたが、なんにも送る内容が思いつかず、そのままにしてあった。だからメールが来て、陽一は喜んだ。

「じゃあ、オレもズッキーニに聞いてみる。あいつ、顔広いし」

お調子者で愛されキャラのズッキーニこと月野は、陽一がいまだに連絡を取り合っている数少ない、中学時代の友人である。

話はあっという間に進み、卒業後十年にして、はじめての同窓会が十一月半ばに開催されることになった。ナッパとマリンバ、ズッキーニは店の下見と称してもう三人で何度も飲みにも行っているらしく、コミュニケーション能力の高いヤツらのすごさを、見せつけられた気がした。

「この間の三者面談のときはあまり話せなかったし、同窓会ではゆっくり話そうね」

とシカちゃんからまたメールが来て、文の終わりにはニッコリ顔の顔文字がついていた。シカちゃんが、ケータイの向こうでほんとうにそんなニッコリ顔で笑っている気がした。

それだけで俄然、当日が楽しみになった。別にシカちゃんに特別な感情を抱いているわけでもないはずなのに、茶の間で寝そべってメールを見ているだけで、陽一の顔は不思議とニヤけてくる。それでユカリに、なにニヤニヤしてんの、と気味悪がられてしまった。

「今度、同窓会があるんだとさ。そのお報せメール」

「もしかして、鹿野先生から？」

「うん。まあ幹事はナッパとマリンバとズッキーニだけど」

「ほほぉ」

とユカリは種田さんを膝に乗せたまま、器用ににじり寄ってきて、ケータイ画面を覗こうとしてくる。陽一は、さっと画面を隠した。なんかいまの言い方、オレの口調に似てなかったか？　一緒に住んでいると、喋り方まで似てくるものなんだろうか。

「言っとくけど、お前が思ってるようなもんじゃないからな。シカちゃんだって、そんなつもりは毛頭ないだろうし」

またヘンな期待をされても困るので、きっぱり釘をさした。

「別に？　私はなにも思ってませんけども？」

しらばっくれてもバレバレだと、陽一はため息をついた。

「まあ、なんにせよ、楽しめるといいね」

「でも、帰りが遅くなっちゃうからなあ」

「いまさら？　仕事で遅くなるのだってしょっちゅうじゃん」

「そうなんだけど……」

陽一は美智子おばさんに言われたことを思い出し、申し訳ない気持ちになった。ユカリはそれに目ざとく気が付いて、

「なに、美智子おばちゃんになんか言われた？」

「うーん」

「なによ？　なんて言われたの？」

「いや、お前がいつも一人で不憫だって」

陽一が口ごもりつつ言うと、ユカリは一瞬きょとんとしてから、

「不憫？　私が？　なに言ってんだかなあ、あの人は」

とげらげら笑いだした。普段はクールな妹がそんな風に、声を出して笑うのは、相当珍しいことである。

「この際だから言っとくけど」

ユカリはそう前置きすると、急に居住まいを正して、真面目な声を出した。

「なに？」

「私、自分のこと不憫とかかわいそうとか、そんなこと思ったこと一度もないよ。兄さんがいて、種田さんがいて、それでこうして穏やかに暮らせるいまの生活が好きだよ。ほかの誰がなんと言おうと、それが私の本心」

いきなりの告白に、陽一はすっかり面食らってしまった。

「だから兄さんが楽しかったり、うれしかったりしたら、私も楽しいし、うれしい」

「なに、勉強のしすぎでおかしくなったのか、お前」

陽一は本気で心配した。ユカリはぷくぅっと頬をふくらませて、わざとらしくむくれてみせた。

「だって兄さん、このあいだの法事のときからずっと元気ないじゃん。隠してるつもりでも、わかるんだから。だから照れくさいの我慢して言ったのに、そんな態度ないじゃない」

陽一はバツの悪さに、うーんと唸《うな》りながら頭をかいた。ユカリがバシッと肩を叩いて、なんか反応してよ、と言ってくる。よく見れば、その頬は赤く染まっていた。

「うん、まあ、なんだ、ありがとな」

「やだ、気色悪い」

「お前が言えって言ったんだろうが」

ユカリが、あははと笑った。

「それにしてもさあ」

ユカリは急に普通のテンションに戻って言った。

「なに？」

「兄さんの同級生には、ナッパとかマリンバとかズッキーニとか、まともな名前の人はいないの？」

心底、不思議そうだった。陽一はそんなこと言われても、あだ名をつけたのはオレじゃねえし、と思った。

＊

同窓会は、大いに盛り上がった。ユカリに「いってらっしゃい」と送り出され、会場の和風ダイニングバー――メールで教えられたときには、いまいちどんな店なのか、想像がつかなかった――に着くまでは、陽一はかなり緊張していた。陽一はそういう賑やかな場が、昔からあまり得意ではない。酒が飲めないのも手伝って、ふと気が付くと、集まりの輪から弾きだされて、席の隅っこの方でポツンと座っていることが多い。一人だけ逆スポットライト状態とでもいえばいいのか。なので、会社の飲み会も、浦上くんという同志が後輩として入ってくるまで、苦痛で仕方なかった。

でも久しぶりにみんなの顔を見たら、余計な心配だったとすぐにわかった。「おーい」とこっちに手を振ってくるその顔たちが、中学時代の顔と重なって、自分もその輪に入ると一気にあのころに戻った気分だった。卒業アルバムを持ってきた女子がいて、自分たちの席にもまわってくると、案の定、陽一は卒業写真で半目だったのをさんざんネタにされた。しかしそれさえも楽しく、「半目男」とからかわれながらも、一緒になって笑い転げた。

そこから話がつながって、

「相田ってなんか昔から、間が悪いとこあったもんなあ」

などとズッキーニが言いだし、ほかのみんなもうんうん、とうなずいた。

「一度さあ、鬼ごっこが流行ったことあったじゃん。あんときも、相田が下校時間になってもなかなか帰ってこないことがあったンだよな。で、戻ってくるなりげっそりした顔して、ロッカーの中に隠れてたら、いきなり二年生が告白はじめて出るに出れなくなっちゃったって、情けない声で言ってさあ」

「ああ、あったあった。あれはほんと、腹抱えて笑ったわあ」

「でもそのあと、みんなでしんみりしたよな。オレたち、中三にもなってなんで鬼ごっこやってるんだろうって」

「あの日で、鬼ごっこブームはひっそり終わったんだよな。つまり相田がブームに終止符を打ったと」

陽一がすっかり困惑して、

「ええッ、オレのせいだったの？」

と驚くと、みんながどっと一斉に笑った。

楽しい時間が過ぎるのは、あっという間というのはほんとうだと思った。気がついたらもう一次会終了の時間になっていた。

陽一がやたらゴージャスなトイレで、たらふく飲んだジンジャーエールを放出して戻ってくると、

「えー、二次会行く人、挙手でー」

とズッキーニが張り切って仕切っていた。彼の声は朗々《ろうろう》と実によく通る。会場にいた半分以上がそれに応えて、手を挙げた。二次会はカラオケになだれ込むのだそうだ。オールになるのは確実で、一晩家を空けるわけにもいかないので陽一は手を挙げなかった。

「相田は？　来ないの？」

「ああ、オレは帰らせてもらうよ」

「あ、妹さん待ってんだっけ？」

「うん、まあ」

「じゃあまた今度な」

「おう。またな」

担任だった林先生にも挨拶して、店を辞した。当時、もうおばあさんに近かった先生はすでに教師を引退したそうで、こんな風にかつての教え子と再会できるのは、とても幸せなことだと涙ぐんでいた。タクシーに乗って帰っていくのを、生徒みんなで見送った。

いい同窓会だった。唯一の心残りと言えば、結局、シカちゃんとはほとんど喋れなかったことだ。シカちゃんはずっと離れた女子グループにナッパやマリンバと座っていて、最初に挨拶した以外、言葉を交わす機会がなかった。まあ、仕方ない。

それでも祭りのあとというのは、なんだかさみしい。店の前からすぐに去る気にもなれなくて、二次会に行く連中にまじって、後ろ髪を引かれる思いでうだうだしていたら、

「相田くん、帰るの？」

急に声をかけられて、うおッと振り向くと、シカちゃんが立っていた。

「うん、シカちゃんは？」

「今日は帰る。たぶんあのままオールでしょ？　明日、午後から仕事なの。さすがに酒臭い息で、学校に行けないしねえ」

シカちゃんがいたずらっぽい笑みを浮かべる。

「ああ、それもそうだねえ」

ほんのりと頬が赤味を帯びた顔で、そんな風に笑うのは反則だと思った。

「方向、途中まで一緒だよね？　なら一緒に帰ろう」

シカちゃんは相田家から歩いて二十分ほどの場所に、アパートを借りて住んでいた。両親はもう別の街に住んでいて、シカちゃんだけが残っているそうだ。

「相田くんとぜんぜん喋れなかったし、ちょうどよかった」

そうなのか、シカちゃんはオレと帰れるのがうれしいのか。陽一の心は弾んだ。

駅前を離れ、街灯の明かりだけがぽつぽつと道標のように続いている、静かな住宅街を歩いた。シカちゃんは数歩先を手をぶらぶらさせながら、闇の中を泳ぐように気持ちよさそうに歩いていく。

ちらちらと星が瞬く夜空は二人のためのスクリーンみたいだし、まるでドラマの中のワンシーンのようだ。いまにもシカちゃんが振り返って、

「実は相田くんのこと、あのころずっと好きだったんだゾ、ウフ」

などと言い出してもおかしくないシチュエーションのように思えた。言われちゃったら、どうしよう。まだ再会したばかりで、シカちゃんのことが本気で好きなのか、付き合いたいとかそういう気持ちなのか、はっきりしていない。でも、シカちゃんって美人ってわけでもないのに、ちょっとした表情がかわいかったり、話してると肩の力が抜けて、楽しいんだよな。こういう人が案外、オレには合っているのかもしれない。でもユカリのクラスの副担任なんだよな、それって気まずくないか？　ああ、困るなぁ。などと考えていたが、そうそう都合のよい展開があるはずもなく、代わりにシカちゃんは振り返ると、

「ユカリちゃん、すごくいい子だよね」

と、話しかけてきた。どうやらそのことを話したかったらしい。

現実なんてこんなもんだろうさ。陽一はへへへと一人孤独に笑って、

「そう?」

と聞き返した。

「不思議と人を引き付ける魅力みたいなのがある子だなあって、前から思ってたの」

「そうなの？　でも三者面談のときには、井上先生には、もう少し元気があって、自主性がほしいみたいなこと言われたよ。いつでも一歩引いてる感じがするって」

「井上先生は、元気で明るい＝いい生徒って思ってるからね。もちろん元気で明るい生徒

も私、大好きよ。でも、ユカリちゃんの魅力って、それとはまた違うんだよね。遠くからずっと成長を見守っていたいって思わされるの。ユカリちゃんさ、みんなが嫌がるような、帰りの掃除とか、気がつくと一人で黙々とやってるんだよねえ、しかもね、ものすごく丁寧に」

「ああ、目に浮かぶよ」

教室の隅っこで、細い背中を丸めて、箒《ほうき》でチリトリにごみをさっさっさと掃いている後ろ姿が、見てもいないのにはっきり思い描けた。

「彼女を見てると、『花を見て根を思う人になれ』って言葉が思い浮かぶんだよね。この子はそれを自然と体現してるなあって」

「なにそれ？」

「えー、覚えてないの？」

とシカちゃんが呆れたように、陽一を見た。

「なんだっけ、聞いたような気はするんだけど」

と陽一は弁明したが、実はまったく覚えていなかった。

「私たちが中学のとき、林先生が教えてくれた言葉だよ。私、あれに感銘《かんめい》を受けて国語教師になったんだから。自分もそんな人間になりたい、そんな風に誰かを導ける存在になりたいって。今日はお会いできて、ほんとにうれしかった。先生も私が教師になったたって聞いたら、とても喜んでくださって」

「そっか、そうなんだ」

一緒の教室にいても、刻まれる記憶はまったく違うものだ、とあらためて知った。そうか、自分がぼけっと窓の外を呆けて見ているとき、彼女はそんなことを思っていたのか。花を見て根を思う人になれ。いい言葉じゃないか。ちゃんと授業、聞いておくんだった。いまさらだけど、陽一はその言葉を心に刻んだ。

だからね、とシカちゃんが話を元に戻す。

「相田くんの妹さんだって知ってびっくり！　でも、なんか、ああ、なるほどってしっくりくる部分もあったんだなあ。すとんと腑《ふ》に落ちる感じ？」

そう言ってシカちゃんは、街灯に照らされてほんのり明るい夜の道で、にこっと笑った。彼女の言葉と笑顔に、心の奥がじんわりと温かくなった。気が付いたら、自分の気持ちを素直に打ち明けていた。

「でも、ときどき不安になることがあるんだ。オレたち、ちゃんと兄妹やれてんのかなあってさ」

陽一の言葉にシカちゃんは意味がわからないという感じに、小首をかしげた。

「ほら、オレら、血つながってないじゃん。ある日、突然、家族になったからさ。急ごしらえでできた、なんだろ、模造品《もぞうひん》みたいな兄妹じゃん？　だからどうしても、ね」

「模造品？　そんな風に思ったりするんだ」

　シカちゃんは、さも意外そうに言った。

「普段はそんなことないんだけど。このあいだ、おふくろたちの法事があってさ、そんときに親戚に言われたんだ。あなたはただ、自分の都合でユカリをそばに置いてるだけだって。そうやってユカリの面倒を見てるって事実に、気持ちよくなってるだけだ、みたいなこと。オレ、ドキッとしちゃってさ、なんも言い返せなかった。そんなんじゃないって自信を持って言えないのがさ、情けなくて」

　オレはなんでこんな話を、十年ぶりに会った同級生に話しているのだろう、と思った。思ったが、止まらなかった。

「オレね、あいつを逃げ道に使ったんだよね」

「逃げ道？」

「おふくろたちが事故で死んじゃったとき、オレ、大学通ってたんだけど、なんかすごい虚無感に襲われちゃってさ。人間って、こんな簡単に死ぬんだなって。そしたらさ、もうなにやっても無駄じゃんって、なんか力抜けちゃって。生きてるのって意味ないじゃんってさ。早い話、心がポッキリいっちゃったんだよね」

　陽一はそう言って、はは、と気まずそうに笑った。

「で、オレはユカリに逃げたの」

「んん？　ゴメン、よくわからない」

「うん、だよな」

　陽一は説明不足だったと反省して、しばらく、うーんと腕を組んで考えこんだ。こんな風に、自分の気持ちを誰かに打ち明けたことなどないので、どう言葉を紡《つむ》げばいいのかまるでわからない。この話はもうやめようかと思ったが、シカちゃんは暗い夜道に立ち止まって、陽一が口を開くのを真剣な顔で待っていた。聞いてるよ、彼女の表情がそう言っていた。

「なんつーか、生きる目的、みたいな？　そういうのをさ、あいつに見出したわけ。ユカリはまだガキだったからね、オレがそばにいて、守ってやんなきゃって。オレたち、兄妹だもんなって。これからオレはそういうふうに生きていこうって、あんとき思ったら、なんかすごい救われたっていうか、希望が出てきたっていうか」

　陽一は、それで大学を辞めて、いまの医療品メーカーの仕事も見つけて、ユカリと二人暮らしをはじめたのだと早口に言った。

「おふくろたちが死なないで、あのままフツーに生きてたら、オレ、ろくなヤツになってなかったと思うんだよね。女の子引っかけて、友だちと遊びまわって、そういうことしか頭になかった。人生、テキトーに生きるのが勝ち組とか、本気で思ってて、それでなんも疑問にも思わなかった。そういうのが全部全部、覆って。そしたら、あ、オレ、なんにも持ってないじゃん、ダメじゃんって。ゴメン、意味わかんないよね」

自分の気持ちを伝えるのは、なんてむずかしいことだろう、と陽一は途方に暮れた。最新医療器具の性能についてなら、頭に叩き込んであるので、なにも考えないでも口から滑り出てくるのに。

ずっと隣で黙っていたシカちゃんが、

「すごいね」

とつぶやいた。

陽一は、えッと驚いた。

「すごくないよ、だからオレ、しょうもないって話だよ」

「ううん、すごいよ。相田くん、カッコいいよ」

「ウソォ？　なんで？」

陽一は本気でわからなくて、何度も目をしばたたかせた。人には知られたくない、ダサくてダメダメな自分を勢いで晒《さら》してしまっただけなのに。

「すごいよ」

とシカちゃんはもう一度、力を込めて言った。どこかの庭から、花の甘い香りが漂ってくる。

「それって全然逃げてない。むしろ立ち向かってるよ。私だったら、そのままポッキリいったまま、なにもできないで終わってたかも。でも陽一くんは、ユカリちゃんのために立ち上がったんだよ、自分の大切なものを守るために」

シカちゃんが熱く語るのを、陽一は、えー、そうなのか、といまいち釈然《しゃくぜん》としない気持ちで聞いていた。そういえば中学のときも合唱コンクールに燃えたりと、シカちゃんは熱い女の子だった、と思い出される。そのため、呼び方が「相田くん」から「陽一くん」に格上げされていることには、気づけなかった。

「ユカリちゃんにその話、したことある？」

「ないない。言えるわけない」

と陽一は慌てて首を振った。

「話せばいいのに」

「いやあ、それもなんだかなあ」

「そっか、でも言わなくても、きっと伝わってるんだろね」

　ふと、数日前に茶の間で突然ユカリに言われたことを思い出した。

　――兄さんがいて、種田さんがいて、それでこうして穏やかに暮らせるいまの生活が好きだよ。ほかの誰がなんと言おうと、それが私の本心。

　あのときは照れくささが勝ってなにも考えられなかった。だが夜の魔法のせいなのか、急にその言葉が胸に迫ってきた。心の奥の方から、なにか熱いものがこみあげてきた。夜でよかった。明るいところだったら、シカちゃんに泣きそうになっているのが、ばれてしまうところだった。

「ああ、なんか勇気もらった。よかった、今日、相田くんと話せて。明日から、またがんばれそう」

　街灯に照らされた彼女の顔は、引き締まり、とても凛々しかった。照れくさいのか、また呼び方が「相田くん」に戻っていたが、もちろん陽一はそれに気づかなかった。

　もうそれ以上は口をきかず、夜の澄んだ空気のなかを歩いていると、やがてシカちゃんが住むアパートが見えてきた。だが陽一が「じゃ、ここで」とその場を去ろうとすると、なぜか鞄をごそごそやって、「あれ？　あれェ？」と言っている。

「どったの？」

「家の鍵、ない。お店で鞄見たときは、たしかにカエルのストラップが内ポケットに入ってたのに」

「えー、なにやってんの」

シカちゃんは街灯の下で、なおも鞄を引っ掻き回して、しまいには鞄を逆さに振ったり叩いたりしたが、鍵は見つからないようだった。先ほどの引き締まった顔がウソのように、情けない顔で、「どうしよ、相田くん」と泣きついてくる。

「来た道、戻って探してみる?」

「でもこんな暗いんじゃ、見つかりっこないよね」

「あー、そうだよなあ」

陽一もこのまま放っておいて帰るわけにも行かず、うーん、とその場で困ってしまった。

「ナッパは婚約者の家行っちゃったし、マリンバの実家は厳しいしなあ」

「じゃ、どうすんの?」

「仕方ない、漫画喫茶でも行くよ。そういえば『ベルセルク』、読み途中だったし」

「え? どこまで読んだの?」

好きな漫画だったので、陽一は興奮しかけたが、そんなことで盛り上がっている状況ではなかった。

「明日まで漫喫で粘って、朝一で大家さんに連絡するよ。『またか』って呆れられちゃいそうだけど」

　どうやらこれが初犯というわけでもないらしい。ああ、やっぱりシカちゃんはシカちゃんだなあ、と妙にうれしかった。

「よかったら、うち、来る？　寝床《ねどこ》ぐらいなら提供できるし。漫喫よりはいいでしょ。『ベルセルク』なら新刊まで揃ってるし」

　とは言っても、着替えや布団の世話をするのはユカリなのだが。でも家なき子のように途方に暮れているシカちゃんを放置して帰ってきたと知れば、怒るに違いない。

＊

「わッ！　鹿野先生！」

　ユカリは陽一が鹿野先生を連れて帰ってきたので、玄関先でのけぞってしまった。

「今晩、シカちゃんのこと、泊めてやってくれない？」

　一体何事かとぽかーんと二人を交互に見ていたが、陽一から事情を説明されて、ようやく我に返り、茶の間のストーブをつけに急いで部屋に戻った。鹿野先生は「ごめんねえ」

と申し訳なさそうに、両手を胸の前で合わせる。

「いえいえ、どうぞ遠慮なさらず。大変でしたね」

「いや～、全部、身から出た錆なんだけどね」

と鹿野先生は恐縮していた。たしかにそれは間違いないので、ユカリもフォローのしようがなかった。座布団を出すと、「あ、私などは端っこで結構ですので」と部屋の隅にちんまり正座した。種田さんが襖の隙間から、じぃっとその様子を窺っている。「誰だ、こやつは!?」と問いたげな目だった。

「大丈夫だよ、種田さん。怖い人じゃないよ」

しかし種田さんは、頑として動こうとしない。

「あの子、種田さんって言うの？」

「はい、彼は種田さんです。ほら、こっちおいで」

「へえ」

鹿野先生は、なんとも微妙な顔でうなずいた。でもやっぱり納得いかないようで、少し首をかしげた。

「腹減ったなあ、なんかある？」

陽一が冷蔵庫を漁りながら言ってくる。

「食べてきたんじゃないの？」

「歩いてきたから、小腹が減ったの」

「昨日のポトフの残りでよければ」

昨夜は久しぶりにポトフをつくった。はりきりすぎて大量につくって食べきれなかったので、残りは冷蔵庫にしまってあった。

「あ、いいねえ。シカちゃんも食べるでしょ？」

陽一は返事も聞かずに、ご飯をレンジで温めだした。ユカリは隣で鍋に火をかけた。

「シカちゃんの箸は？」

「ああ、待って。いま、お客様用のを——」

二人のやりとりをまだ部屋の隅で正座で見ていた鹿野先生が、

「ポトフにご飯？」

と再び不思議そうに首をかしげた。

「あれ、ポトフでご飯は食べないものですか？」

と今度は、ユカリのほうが驚いた。

「フツーはパンなんじゃないかなあ」

と鹿野先生は遠慮がちにぼそりと言った。陽一とユカリは台所に突っ立ったまま、見つ

め合い、

「ああ、そうか。パンか」

「うん、パンだね」

「なんかおかしい気がしてたんだよなあ」

「私も」

二人でこのあいだの違和感の正体がわかったことを、喜び合った。そのやり取りを黙って見ていた鹿野先生が、こらえきれなくなったように、ぶっと噴き出した。夜遅いのもおかまいなしに、おなかを抱えて笑いだす。あっははといかにも楽しげな声が、部屋に響いた。

「なに、どうした、シカちゃん？」

「鹿野先生が壊れた」

二人は大笑いしている彼女を、きょとんと見つめていた。

翌朝、鹿野先生は朝早く、相田家を出た。朝ご飯食べてかないんですか、と聞いたが、早く大家さんに電話して鍵開けてもらわないと、とのことだった。陽一はまだ二階で種田さんと爆睡していて、見送りにもこなかった。そういうところがダメなんだよ、と妹としては言ってやりたかった。

「そうですか、じゃあお気をつけて」

「いろいろご迷惑おかけしました」

鹿野先生はユカリに向かって丁寧に頭を下げてから、玄関の戸を開けた。

「あ、そうだ」

急に立ち止まり、向き直った。

「はい？」

「陽一くんに伝えておいてくれる？」

「なにをです？」

なんだ、まさかデートのお誘いか、と一瞬期待したが、

「ぜんっぜん、模造品には見えなかったよって」

鹿野先生は、「ぜんっぜん」のところに、ものすごく力を込めていた。

「もぞう……？　なんの話ですか？」

「言えば伝わると思うから」

ニッコリ微笑んでそう言った。

「はあ」

ユカリは呆気にとられつつも、うなずいた。

外は気持ちのよい秋晴れだった。早朝の澄んだ空気。鹿野先生はその空に負けないほどの気持ちよい笑顔を浮かべ、元気に手を振って帰っていった。

その六　きみと暮らせば

学校から帰ってくると、家のなかで電話が鳴っていた。急いで鍵を開けて、玄関で靴を脱ぎ捨てて電話を取った。

「はい、相田です」

ユカリが受話器に向かって言う。返事はない。受話器の向こうで、相手はじっと黙っている。ユカリもじっと耳を澄ましていると、なんの前触れもなく電話が切れる。残るのはプープーという通話終了のむなしい音だけ。

「またか……」

ユカリは受話器を戻しながら、ため息をついた。

この一か月、こんな風に無言電話がかかってくる。毎日というわけではない。二、三日に一回、長いときには一週間ほど間隔《かんかく》を置いてこっちが忘れたころに、ふいに電話が鳴る。平日の夕方、決まってユカリしかいない時間を狙っているかのように。

決して気分のいいものではない。もう十年は使っている古い電話なので番号通知なんて機能もなく、出てみないと相手が誰かはわからない。単純に親戚のおばさんだったり、保険の勧誘だったり、学校の連絡網だったりすることもある。やれやれだなあ、とユカリは思う。

「今日もまたかかってきたよ」

ユカリは夕食の際に、陽一に無言電話の件を報告した。今日の夕飯は、白菜と豚肉の重ね煮だ。冬の定番メニュー。白い湯気を立てる鍋を、二人で額にうっすら汗をかきながら、つつき合う。

「またか」

いつもはお気楽な陽一も、さすがにこれには気味悪がっている。

「もういっそ、無視しちゃえば。どうせ家の電話にかけてくる人なんて、そんなにいないんだし」

「そうだけど、かかってきたのを無視するのもねえ」

とユカリはポン酢に白菜をつけ、口に運んだ。

「それにさあ」

「なに？」

「なんか、ただのいたずらって感じもしないんだよねえ」

「いやいや、ただのいたずらだろ。ほかになにがあるっての？　どっかの変態のオッサンがたまたま適当にかけたら若い女の声だったから、調子に乗ってんだよ。やんなっちゃうなあ、これだから変態のオッサンは」

陽一は、勝手に変態のオッサンへの怒りを募らせながら言った。

うーん、とユカリは首をかしげた。最初は自分もそう思った。でも最近は、そういうのではないと思っている自分がいる。何度も同じやり取りをしているうちに、ふと思ったのだ。受話器越しの息を殺した気配から、ふと相手がなにかを伝えたがっているのじゃないか、そんな気がするようになった。沈黙から、なにか切羽詰まったものが伝わってくる気配がするのだ。だからユカリはつい耳を傾けてしまう。相手が先に切るまで、じっと待っている。

「女の人なんじゃないかな？」

「なんで？　声、聞いたことあんの？」

ユカリは首を横に振った。

「ううん。でも、なんかそんな気がする」

「変態のオッサンとかじゃなく？」

陽一は変態のオッサンに、意地でも固執していた。

「そうだね、そういうのではないと思う」

それだけは妙に自信があった。なにも喋《しゃべ》らなくても、電話の向こうで受話器を握りしめて息を殺しているのは、きっと女の人だと、なぜかわかる。

「まあ、なんにせよ気味ワリイな」

陽一が、ご飯のおかわりのために茶碗を手に立ち上がりながら言った。

「あんまり気にしない方がいいぞ」

「うん」

ユカリはうなずいた。

それからも、電話は数日置きにかかってきた。ユカリが茶の間で勉強をしていたり、ラジオを聴きながら料理をしていると、なんの前触れもなく廊下で電話がリリンと鳴る。出ると、やっぱり相手はなにも喋らない。何かほかに音が聞こえないかと耳をこらすと、ときどき音楽のようなものがかすかに聞こえることがあった。でもすぐに切れてしまうので、何の音楽かまではわからない。

十二月に入り、もう世の中は冬支度を整えつつあった。日が翳《かげ》るのがずいぶん早くなった。ユカリは衣装箪笥《だんす》からダッフルコートを出し、学校に着ていった。

学校帰り、宇佐美家の前を通ると、トレーナーにスウェットパンツ姿のおじいさんが庭で雑草引きをしていた。おじいさんは冬でも陽に焼けていて、変わらずお元気そうだった。

「おじいさん、ただいま！」

声をかけると、

「おう、嬢ちゃん、おかえりぃ！」

とおじいさんが顔をくしゃくしゃにして答えてくれる。それがユカリにはたまらなくうれしい。ただいま、と言えて、おかえりと返してくれる人がいることの幸せ。おじいさんは、おッ、そうだ、と急に何かを思い出したように家のなかに入っていった。畑で遊んでいた種田さんが、ユカリに気がついて駆け寄ってきた。抱き上げて頬ずりすると、ゴロゴロと喉を鳴らした。人間より体温の少し高い猫は、こんな寒い日に抱きしめるとまるで湯たんぽみたいに温かい。

おじいさんが、しばらくして何かを手にしてまた庭に戻ってきた。それは、かなり古い型のケータイ電話だった。

「これ、見てくれよぉ」

ニコニコと満面の笑み。

「なんですか？」

横から画面を覗き込んで、あッとユカリは目を輝かせた。真新しい産着《うぶぎ》に包まれた赤ん坊と、その子を抱いて微笑んでいるきれいな女の人の写真だった。赤ちゃんはふくふくと丸い頰をして、見るからに健康そうだ。

「お孫さん、赤ちゃん無事生んだんですね。かわいい！」

ユカリが興奮するのを見て、おじいさんは、うんうん、とうれしそうに何度もうなずいた。おととい、お孫さんから届いたメールなのだそうだ。母子ともに健康、赤ちゃんは男の子だという。

「今度、ひ孫連れて遊びに来てくれるってよぉ」

「そっかあ、楽しみですね」

おじいさんは何度もうなずく。ひ孫に会えるのが、ほんとうに待ち遠しそうだった。

「送った野菜も喜んでくれてたしなぁ、嬢ちゃんのおかげだぁ」

おじいさんに何度もありがとうと言われ、照れ笑いを浮かべた。

「いえいえ、そんな」

「来たら、嬢ちゃんも会ってやってくれなぁ」

「それはもう、喜んで」

ユカリはニッコリ微笑んだ。

いつでも見れるようにしたいのだが操作がよくわからないと言うので、ユカリはケータイを貸してもらって、待ち受け画面にその写真を設定してやった。おじいさんはそれだけで顔をくしゃくしゃにして、「おお、開くと孫たちがいるよぉ」とケータイを閉じたり開いたりを繰り返した。おじいさんがうれしそうだと、自分まで幸せのおすそ分けをしてもらった気持ちになる。

「これ見てっと、なんかなぁ、涙が出てきちまうわぁ」

おじいさんはケータイを何度も開いては言った。深い皺《しわ》が刻まれたおじいさんの目じりから、涙がつつっとこぼれた。ハエでも払うみたいに、それを乱暴に拭う。ユカリまでなんだか泣きそうになってしまった。いいなあ、と心の底から思った。

天使のような寝顔の赤ん坊と、その子を大切に抱く母親。見ているだけで心があったまる写真。

「あ」

突然、ユカリは理解した。

無言電話の正体について。

ああ、そうか。急にすべてがすとんと腑《ふ》に落ちたような気になった。いやいや、そんなはずない。あわてて自分の考えを打ち消そうとする。だって、いままで一度も連絡なんてしてきたことないじゃないか。顔だって名前だって知らない。ありえない。なのに、それが間違いないと胸のどこかで確信している。

「ギャウッ」

と種田さんが抗議するように腕のなかで鳴いた。抱きしめる腕に知らずに力が入っていた。

「あ、ゴメン」

ユカリはあわてて腕の力をゆるめた。種田さんは胸から飛び降りると、不愉快そうに相田家へと一足先に帰っていった。

「嬢ちゃん、どうかしたんかぁ?」

ぼーっと突っ立っているユカリの顔を覗き込むように、おじいさんが尋ねた。

「あ、いえ、なんでも。じゃあ、失礼します」

ユカリは挨拶もそこそこに、自分の家に帰った。

ユカリが家に帰って制服から部屋着に着替えたところで、見計らっていたように電話が鳴り響いた。心臓がドクンと跳ね上がった。電話の前まで行っても、受話器をとるのがためらわれた。いっそ切れてくれればいい。けれど電話はいつまでも鳴り続けた。八、九、十。十回、心のなかでベルの音を数えてから、ユカリはゆっくりと受話器をとって、耳に押し当てた。相手はやはりなにも言わない。ユカリもぎゅっと口を引き結んでいた。

途方もなく、長い沈黙に感じられた。

やがてユカリはゆっくりと口を開いて、かすれる声で言った。

「あなたは、誰ですか？」

受話器の向こうで、息を飲む気配がした。

「……私の母ですか？」

震えるような吐息が聞こえた。

「……ユカリ」

絞り出すような、女の声。どこかとても遠い世界から、聞こえてくるようだった。

ユカリは思わず電話を切った。


それから何日も、ずっと上の空で過ごした。勉強にもまったく身が入らず、料理をつくっても、やたら味つけを濃くしてしまったり、魚を黒焦げにして無駄にしてしまったりした。電話はあれ以来、数日経っても、鳴ることはなかった。それでも夕方になると、家のどこにいてなにをしていても、耳をすましている自分がいる。かかってきたところで、どうしたらいいのかさえわからないのに。

陽一は十二月に入ってから仕事がだいぶ忙しいようで、帰ってくるのは十時を回ってからだ。毎日げっそり疲れた顔で帰ってきて、ユカリに気を配る余裕はとてもなさそうだった。

ユカリは、母親の顔を知らない。物心ついたころには、父と二人の生活だった。それが当たり前で、自分にも母親という存在がいるのだと想像してみたことすらなかった。父も何も話さなかった。赤ん坊のころの写真を見せてもらったことがあるが、どの写真だろうと母は不在だった。そういうものだと、ずっと思って生きてきた。

不思議に思うようになったのは、父が再婚して新しい家族ができてからだ。義母のサチコさんのことは大好きだったし、彼女からはたくさんの惜しみない愛情をもらった。サチコさんに抱き締められると、とてもいい匂いがした。ふわりとやわらかい、お日さまのような匂い。それは幸福の象徴だった。だけど、そうした幸せな時間とは別のところで、小さな疑問がいつからか湧くようになった。

私の生みの母は、どこでなにしてるのだろう。だってそうだ、父が自分を生むのは理論上、不可能だ。自分を生んだ生物学上の母親が、この世のどこかに間違いなくいるのだ。自分の存在というものを考えるとき、どうしたってそこに思いは行き当たる。

「私を生んだお母さんって生きてるの？」

あれは小学二年生のときだったか、父に尋ねてみたことがある。学校で、家族についての作文の宿題がでたのだ。もちろんユカリは父とサチコさん、陽一のことを書いたが、心にひっかかりがあった。記憶がない分、妙なわだかまりもない。ただただ、純粋な疑問だった。

だが父は一瞬、目を見開いてから、

「生きてる、と思う」

と目を伏せて悲しげな顔をした。そして、お父さんもずっと会ってないから、わからないんだ、と静かにつけ加えた。そんな切ない表情の父を見るのははじめてだったので、ユカリは尋ねたことを猛烈に後悔した。もうずっと連絡をとっていないんだ。父は言った。深い事情があるのだと、子どもながらに察せられた。

「会いたいかい？」

ユカリはしばらく考えたあと、首をゆっくり横に振った。自分でも会ってみたいのか、会いたくないのか、わからなかった。それに父の切なそうな顔をもうこれ以上、見たくなかった。

「ごめんな……」

父がすまなそうに頭を下げた。ユカリは笑顔をつくって、

「なにが？」

と、とぼけて尋ねた。ちょっと聞いてみたかっただけ。そう言って、無理に笑った。

それきり親子のあいだで母親の話題が出ることは二度となかった。いつか、ユカリがもっと大きくなって、事情を理解できるようになったら話そうと思っていたのかもしれない。でも、父はユカリが大きくなるのを待たずに、この世からいなくなってしまった。

自分でも不思議だった。どうして電話が、母からだとわかったのか。ただ、いつか母が自分の前に姿を現す日がくるんじゃないか、という小さな予感みたいなものは、なんとなく胸の奥にずっとあった気がする。どんなタイミングで、どんな風に現れるか、そこまではもちろんわからなかったし、深く考えはしなかった。父のあの切なそうな瞳を見て以来、母について思いを巡らすのは忌《い》まわしいことのように思うようになり、考えることを意識的に避けてきた。

（どうしたらいいんだろ……）

二階の自室で仰向けに寝そべって、天井を眺めながら思った。見慣れたはずの天井の節の模様が、なぜかひどくよそよそしく見えた。でも悩むまでもなく、自分からなにかをできるわけではないのだ。再び電話がかかってくる保証は、どこにもない。仮に電話が再びきたとして、なにを話せというのだろう。ユカリはすっかり途方に暮れた。

下の階からガラガラと玄関戸が開く音がした。陽一が帰ってきたようだ。時計の針は十一時を過ぎていた。下に顔を見せに行く気になれずに寝転がっていると、鍋を火にかけたり電子レンジの蓋《ふた》を開け閉めしたりする音が上まで聞こえてくる。これから夕飯だ。こんな時間に一人で食事をとる兄を思うと、少し寂しくなった。だが階下の音をぼんやり聞くともなく聞いているうちに、いつの間にか眠ってしまっていた。

翌日、学校帰りにスーパーで買い物を済ませて、家に帰ってくると、家のなかで電話が鳴っていた。リリン、リリン。ユカリは玄関先で金縛りにあったように動けなくなった。

「あら、ユカリちゃんち、電話鳴ってるんじゃない？」

庭に出ていた増井さんが声をかけてくる。ユカリの蒼白な顔を見て、「どうしたの？」と心配そうに言った。

「え？」

とユカリは増井さんに聞き返した。

「顔色悪いわよ、具合でも悪いの？」

「あ、いえ、大丈夫です」

ユカリは震える手で何度も失敗しながら鍵を開けて、家のなかへ入った。薄暗い廊下で、電話は依然として鳴っている。一度大きく息を吸い込むと、心が決まった。受話器をそっと持ち上げる。

「もしもし?」

相手はなにも答えない。

それでもユカリは、辛抱強く受話器の向こうに耳をすました。とてつもなく長い時間に感じられた。やがて、女のすすり泣く低い声が聞こえてきた。

「……ユカリ、ユカリ……」

かすれた声が何度も自分の名前を呼ぶ。

「……はい」

ユカリはささやくように返事をした。

「あなたは、私の母ですか?」

「そう名乗る資格はないと思うけど、でも、そうよ。私があなたを生んだの」

ユカリは息をつめて、じっと電話の声に集中していた。

「ごめんなさい……ごめんなさい」

電話の声は、ひたすら同じ言葉を繰り返した。

「なんで、いまごろ……」

「どうしても声が聞きたくて……」

何度もやめようと思ったが、どうしてもやめられなかった、ユカリの声が聞けてうれしかったのだ、と電話の相手は言った。

ユカリは深く息を吸い込んだ。足元にやってきた種田さんが廊下にちょこんと座って、ユカリをつぶらな瞳で見つめながら、ナーン、と甘えた声を出した。ユカリのことを心配しているかのようだった。

頭のなかは、もう真っ白だった。思考停止して、なにも考えられない。なぜか兄や父、サチコさんの顔が浮かんでくる。私にとっての家族の顔。じゃあ、この人は一体誰なんだろう。とてもおかしな気持ちだった。私の母だというこの人は誰？

「こんなこと、頼めたぎりじゃないけど……」

電話の向こうで再び声がする。

「会ってもらえないかしら。あなたにちゃんと、謝りたいの」

その言葉に、ユカリの小さな胸が疼《うず》いた。

会ってみたい気持ちがないと言ったら、ウソになる。自分を生んだ母は、どんな顔をしているのか。私に似ているだろうか。どんな思いで、私を生んだのか。どうして私と父を捨てたのか。知りたいことはたくさんある。私には、それを知る権利がある。そしてこの人には、それを私に教える義務があるんじゃないだろうか。ほんとうに私の母親だというのなら。

「どこに住んでるんですか？」

気がついたら、口から言葉がこぼれでていた。

＊

日曜日、ユカリが珍しくよそ行きの恰好をしているのを見て、陽一は、

「なに、出かけんの？」

と尋ねた。遅めの朝食を食べ終わったところだった。

「うん」

「どこに？」

「ちょっとショッピングセンターまで買い物にでも行こうかなあって。あは」

「誰と？」

「えっと、友だち？」

「長谷川さん？」

「あ、ああ、そうそう。ハセっちと二人でほら、勉強ばっかりでたまには息抜きも必要か

なあなんて思って。えへへ」

　妹がいつもより饒舌であるのに、陽一はちっとも気がつく様子もなく、「へえ」とだけ言った。ユカリは内心、冷や冷やしていた。ウソは苦手だ。兄に母親に会いに行くのだとは、言えなかった。話そうと思うと、口がとても重くなり、なぜかとても後ろめたい気持ちになる。やましいことなど、なにもないはずなのに。

「お昼は昨日のカレー、食べてね。夜までには帰るから。あ、庭の洗濯物、忘れずに取り込んでね」

「了解」

　なんの疑いもなくくのほほんとした顔を見ていると、後ろめたさはさらに増す。ウソなんてつかないで素直に言えばよかった。でも言ったら、兄はものすごく心配するだろう。うろたえるだろう。ただでさえ忙しそうなのに、余計な心配をかけたくない。

「金持ってんの？　小遣いやろうか？」

「い、いいよ。そのくらい持ってるよ」

　生活費とは別に、毎月小遣いもしっかりもらっている。

「でも服かなんか買うんだろ？　最近忙しくて、家のこと全部お前にまかせっきりだし、小遣いくらいやるよ」

陽一はそう言っていそいそと財布から五千円を出して、差し出してきた。

「今月は年度末で働きまくりだから残業代、たっぷり出るし、たまにはサービスな」

得意げにそんなことを言う。しばらく押し問答して、結局無理やり手にねじ込まれてしまった。

「あ、ありがと……」

むふふ、と陽一はいいことをしたと実に満足そうだった。オレって素敵なお兄ちゃんだろう、と言いたそうだった。こんなときに限って、ヘンにやさしいから困ってしまう。私が出かけると知って、妙にうれしそうじゃないか。とにかくユカリは、

「じゃあ、行ってくるね」

と逃げるように玄関を出た。

「はいよー、気をつけてな」

陽一は畳に寝そべったままで、手を振った。

「さてさて」

玄関の戸が閉まったのを確認すると、陽一は早速二階にあがりコレクションのエロＤＶＤを物色しはじめた。久方ぶりの休日、妹も出かけて、家に一人。このときを実は待っていたのである。ユカリが大変なことになっているなど知る由もない陽一は、一人間抜けに

浮かれていた。

　そう言えば、無言電話のこと、ユカリは言わなくなったな。最近はかかってこなくなったんだろうか。そんなことをのんきに考えつつ、自室でダンボールを物色していると、呼び鈴が鳴った。せっかくの癒しタイムに水を差されてふてくされて出てみると、一緒に出かけたはずの長谷川さんだった。

「あれ、どったの？」

「暇してたんで、かまってもらいに来ました。ユカリ、います？」

　さっき起きたような寝起きの顔で、服装も普段着だった。当然のように家のなかに上がり込もうとしてくる。

「なに、一緒に出かけたんじゃないの？」

「なんのことですか？」

「いや、だってハセっちと買い物に行くって駅に……」

「え、聞いてないけど。なんだぁ、それ」

「えーッ？」

　しばらく二人で見つめ合った。やがて長谷川さんは、急にハッとなにかに気づいた顔になり、

「あ！　そ、そうだった！　いや〜忘れた、忘れてた。そうだ、そうだ、今日は一緒に出かける約束をしてたンだぁ」

状況を察して、友人として話を合わせようとしたのだろうが、明らかに声がうわずっていた。陽一がじいっと見つめていると、長谷川さんは観念したのか、

「ウソです」

と言って、てへ、と笑った。

「あいつ、どこ行ってんの？」

陽一は、いよいよわけがわからなくなって尋ねた。

「さあ。それは、私にもわかりません。知ってたら、今日遊びに来るなんて失態おかしませんよ」

「それもそうか」

どうやら長谷川さんは、ほんとうに何も知らないらしい。だがウソをついてまで、ユカリはどこに出かけていったというのだ。

「なんだっつーんだ、一体」

折れそうな角度まで首をひねりつつ、陽一はつぶやいた。

相田家でのそんな出来事など知らないユカリは、同じ時刻、一人で電車に揺られていた。ダッフルコートの下は、襟元に花模様をあしらったブラウスに黒のロングスカート。この日のために、隣町の量販店で新調した。兄はいつもどおりまったく気が付かなかったけれど。

日曜日の昼前の電車は空いていて、乗客はまばらだった。ユカリは車両の真ん中あたりの席に座った。膝の上で握りしめていた手のひらが、緊張で汗ばんでいた。

電車で一時間半。母は隣の県にある小さな町に住んでいた。電話で教えられたとき、拍子抜けしてしまった。もっともっと遠く、たとえば外国にでも住んでいるのかと思っていた。まさか日帰りで会いに行ける距離にいるなんて。

電車が街を越えるたび、現実感がましてきた。

そうか、私はこれから顔も知らない見たこともない、生みの母親に会いにいくのか。そのことが、だんだんおそろしくなってくる。このまま電車がどこにも着かなければいいのに、と頭のどこかで願っている。

だが電車は予定どおり、目的の駅に着いてしまった。もう後戻りはできない。ユカリはぎゅっと鞄の肩紐を握りしめながら、ホームに降りた。

駅のロータリーに、電話で聞いていたとおり、一台の赤い軽自動車がぽつんと止まっていた。髪を茶色く染めて痩せた女性がそばに立っている。近づいていくと、こちらに顔を向けた。どこから見てもフツーの中年の女の人で、でも表情からは生活の疲れが色濃く見てとれた。自分に似ているかは、よくわからなかった。似ていると言われれば似ている気もしたし、似ていないと言われれば似ていない気もした。

「よく来てくれたね……」

近づいてきて、ユカリの腕にそっと触れようとする。反射的にユカリは、一歩下がってしまった。一瞬母は悲しそうな顔をして、それからとりなすように、ふふと小さく笑った。湿ったタバコの匂いがふわりと漂ってきた。

「ああ、こんなに大きくなって……」

彼女はユカリをじっと見つめていた。まるで太陽を見るように、まぶしそうに目を細めて。

(ああ、ほんとにこの人は私の母親なんだ)

ユカリはようやく、それを実感した。胸の奥が震えて、少し泣きたい気持ちになった。でも涙までは出なかった。母は声を押し殺して、涙をこぼしている。ユカリはどうしたらいいかわからず、ただ、冷たい風が吹きぬける休日のロータリーで、長いことじっと俯いたまま立っていた。

車で連れていかれたのは、スナックと小料理屋が合体したような小さな店だった。店のガラス扉には、準備中の札がかかっている。自分が経営している店だ、と母は言った。

ユカリはもちろんそういうお店に入るのは、はじめてだった。あまり清潔な感じではなかった。明るいなかで見るせいか、壁の黄ばみや床の汚れがとても目立った。小さな音で有線ラジオがジャズの曲を流していた。かすかに受話器越しに音楽が聞こえてくることがあったが、この音が聞こえていたのかもしれない。

母親が、店の隅にある電気ストーブをつけた。

「いま、あったまるから。適当に座って」

ユカリはコートを脱いで壁のハンガーに吊るすと、テーブル席の椅子に腰かけた。母親は壁に下がっていたエプロンを身につけると、カウンターに入って、コーヒーを淹《い》れた。

「来てくれて、ほんとにありがとう」

ブンブンと首を横に振った。いろいろと聞きたいことはあったけれど、いざ目の前にすると言葉が一つも出てこない。

「汚い店でごめんね。でも、ここならゆっくり話せると思って。なにか食べる？　お店で出してるものだったら、なんでもつくるけど」

また首を振って答えた。とても喉を通りそうにない。

「あの人が亡くなって、もう五年よね」

コーヒーカップをテーブルに置いて、母は言った。あの人とは、父のことだ。

「あの人のお姉さん、美智子さん、いるでしょう？　彼女に電話で知らされたの。結婚しているときも、ほんとの姉みたいによくしてくれた人だったから。奥さんも一緒に亡くなられたんですってね……。ほんとうはお葬式も行きたかったけど、どの面下げていけばいいかわかんなくて」

そうか、美智子おばさんだけは連絡を取っていたのか。そんなこと、これっぽちも知らなかった。

「あの……」

とユカリはやっと言葉を発した。

「父との間に、なにがあったんですか」

「聞いてない？　なんにも？」

「はい」

「そう……」

母は唇をきつく噛むと、寂しげな表情で言った。

「駆け落ちしたの、私。ユカリがまだ二歳のころにね」

「駆け落ち」

バカみたいに、同じ言葉を繰り返してしまった。

「安いドラマみたいな話でしょう?」

ユカリはそれには、なにも答えなかった。

「箱入り娘みたいに大事に育てられて、二十二のときお見合い結婚して、あなたを生んで……。なんにも不満なんてなかったはずだった。でも、ずっとレールの上に乗って生きてきた自分が、ときどきとても嫌になることがあって……」

そんなとき、パート先の弁当屋の常連の男に、声をかけられた。まだ若く、相手は大学生だった。相談事や小さな悩みを打ち明けているうち、次第にそういう仲になってしまった。気づいたときには、あとには引けない状況になっていて……。母はそこまで言ってから、口をつぐんだ。

「もう、やめましょうね、何を言ったところで言い訳にしかならないもの。私はあなたとあの人を捨てたのよ。ほんとうに、ほんとうにごめんなさい」

ユカリは湯気を立てるコーヒーカップをじっと見つめていたが、ふと顔を上げて、

「その人とは……」

と短く尋ねた。駆け落ちした男とは、どうなったのかという意味だ。すると、ああ、と母はこともなげに言った。

「とっくにダメになったわ。駆け落ちして、三年くらいあとかしら。それからは、ずっと一人」

この十年は必死にこの店を切り盛りして、生きてきたとのことだった。これでも一応、常連で通ってくれてる人だっているのよ、と笑う。なんの不満もないはずで、それでも子どもと夫を捨ててまで誰かと一緒になろうとして、いまは独り身で生きている。なんだかひどい矛盾だとユカリは思った。

「ふざけないでよ」

気が付くと、口から言葉が漏れ出ていた。母はハッと顔を上げて、ユカリを見た。

「そんな理由で私と父を捨てて、それでいまごろになって連絡してきたって？　ふざけてる。そんなの、ふざけてるよ」

言い終えた途端、急にすさまじいむなしさが込み上げてきた。いままでの十五年の人生で、こんな気持ちははじめて味わった。どれだけ叫んでも、すべてがもう手遅れで、無駄だという思い。むなしいって、こんな気持ちのときに使う言葉なんだ。

「あなたが怒るのは当然よ。憎まれて、当然だと思ってる」

母はそう言うと、くずおれるようにしゃがんで、汚れた床に頭をつけた。

「ごめんなさい。ごめんなさい」

そのまま泣き崩れた。ユカリはそれを茫然と見下ろしていた。この人は、この十年をどんな気持ちで生きてきたのだろう。自分の行いを悔い続けて生きる十年とは、どんな苦しみなのだろう。ユカリには想像もつかなかった。想像したくなかった。

「やめてください」

ユカリは叫ぶと母を無理やり抱き起こし、椅子に座らせた。柄にもなく声を張り上げて怒ったせいか、怒りの感情はもうほとんど残っていなかった。ただ、目の前のこの女の人をひどく哀れだと思った。

「電話、何度もしてごめんね。どうしても気持ちを抑えきれなくなって……。そうしたら、あなたが電話に出て、声を聞けただけでもう飛び上がりたくなるほどうれしくて……」

母は泣きじゃくりながら言った。そういえば、はじめて無言電話がかかってきたのは、父と義母の法事が終わったあとだったな、とユカリは思いだした。

何度も何度も謝る母に、

「もう謝らないでください」

ユカリは静かに言った。

「そんな風にされても、私、どうしたらいいのか、わかりません」

そう言って、俯いた。

母は顔を上げ、ユカリを見つめていたが、どうにか気を取り戻し、そうね、そうね、と何度もうなずいた。

「せっかくユカリが会いに来てくれたんだものね。困らせたらいけないわね」

エプロンで顔をぬぐって、泣き笑いのような表情を浮かべた。そしてユカリのことを、あれこれ知りたがった。

「いまはお義兄さんと暮らしてるのよね？　学校は楽しい？　なにか困ったことない？」って私に言うようなことなんてないわよね」

母はそう言って、弱々しく笑った。移動だけでずいぶん時間がかかったせいもあり、いつの間にかもう窓の外は暗くなりかけていた。ユカリが「そろそろ帰らなきゃ」と言うと、母はポケットからポチ袋を出して、それを握らせた。「少ないけど、なにか美味しいものでも食べて」と、断ろうとするユカリのコートのポケットに無理やり入れてしまった。あとで確認したら、三万円も入っていた。

「今日はありがとう。会いに来てくれて、ほんとうにうれしかった」

母は駅で別れる際に、ユカリの手をきつく握りしめて言った。細くて冷たい手だった。

ユカリはその手をぎゅっと握り返したい気持ちと、思いきり振りほどいてしまいたい衝動とに同時に駆られた。

改札をくぐると、ちょうど電車がホームに滑り込んでくるところだった。ユカリが乗り込むと、背後でドアがプシュウと音を立てて閉まった。電車が動き出し、母のいる町から次第に遠ざかっていく。なぜか、取り返しのつかないような気持ちに襲われる。

自分はなにがしたかったのだろう。母に会って、それでどうしたかったのだろう。結局、ほとんどなにも話さないで帰ってきてしまった。ただただ、むなしい気持ちばかりが、胸に広がっていき、止めようがない。

ぐったりともたれるようにして、つり革につかまっていると、ドアの近くに知っている顔を見つけた。近づいて、

「鹿野先生」

と背中に声をかけると、

「あら、相田さん」

よそ行きの恰好をした鹿野先生が、振り返って微笑んだ。学校以外で会うのは、先生が家の鍵を失くして相田家に泊まりに来たひと月前に続いて、これで二度目だ。

「こんばんは」

このまま帰って兄と対面する前に、誰かと話したい気分だったので、鹿野先生と会えてユカリはうれしかった。先生は映画を観に行ってきた帰りだと言った。おフランス映画よ、となぜか得意そうだった。ユカリは一気に気が緩み、くすりと笑った。

「映画ですか、いいですね。お友だちとですか？」

「ううん、一人で。一人で焼き肉ランチして、一人で映画観てきた。あ、いま、寂しい女だって思った？　いいのよ、これが私の一番好きな休日の過ごし方なんだから」

鹿野先生はふてくされたように言った。別になんとも思っていないのに、勝手に先回りしてふてくされているのがおかしかった。しかし、あの日以来、陽一とは進展がないのは、がっかりでもある。

「今度は兄を誘ってやってください。今日も家で暇してたみたいだし」

「相田くんを？」

「あれ、ダメですか」

「いやいや、別に私と相田くんの間にはなにもないのよ？」

鹿野先生はあわてて言った。わずかに頬が紅潮《こうちょう》しているのは、気のせいだろうか。

「そうですか」

「そうよ。大体、私から誘うとか絶対、無理。いや、誘ってほしいとか言ってるんじゃないのよ。なんていうか、私たちは、ほら、ただの同級生ってだけで……。向こうもきっとそう思ってるだろうし」

なんとまあ、じれったい、とユカリは思ったが、これ以上この話題に介入をするのもさすがに気が引けた。鹿野先生ももうその話はおしまいというように、

「相田さんはどこ行ってたの？」

と尋ねてきた。鹿野先生の口は、かなりにんにく臭かった。本人も気にしているようで、話しながらもブレスケアをせっせと口に放り込んでいる。

「ちょっと知り合いに会いに」

ユカリはそう曖昧に答えた。答えたそばから、全部打ち明けてしまいたい衝動に駆られ、

「実は、母に会ってきたんです」

気がついたら口から漏れていた。

「お母さんに？」

「はい。赤ん坊のころをのぞいて一回も会ったことなかったんですけど、今日はじめて会ってきました」

鹿野先生がなにか言いかけたとき、電車はカーブに差しかかり、先生が派手によろめい

たので、ユカリは咄嗟《とっさ》に支えた。

「ありがとう」

「いいえ」

鹿野先生はあらためてユカリに向き合った。

「そっか、お母さんに会ってきたのか」

「はい」

ユカリは小さくうなずいて、

「いろいろ聞きました。どうして私と父を捨てたのか、とか、なんでこれまで一度も会いに来なかったのか、とか、そういう話を」

「そっか」

鹿野先生はそっとユカリの背中に手を当ててくれた。コート越しにもほんのりと温かみが伝わってきて、ユカリは母と会ってから、はじめてきちんと息ができたような気がした。ふうっと大きく息を吐き出すと、気持ちが幾分すっきりした。

「あのね、先生」

幼い子どもみたいな声で、ユカリは言った。

「なあに、ユカリちゃん?」

優しい声で、先生が答えてくれる。

「鹿野先生が前に授業中に教えてくれた言葉。『花を見て根を思う人になれ』って、私、あれ、すごい好きですよ」

「覚えててくれたんだ、うれしい。私の座右の銘なの。って言っても、中学時代の先生の受け売りなんだけどね」

「私もそういう人間になれたらなあって思います」

鹿野先生は微笑んで、

「じゃあ、お互いがんばろー」

と言った。がんばれ、ではなく、がんばろー。鹿野先生が発した「がんばろー」は、適度に気が抜けていて、押しつけがましさなど、まるで感じられなかった。そういうところが、鹿野先生のよさだ、とユカリは思った。

電車が駅に着いた。鹿野先生は、自転車で駅まで来ていたのに、家の近所までわざわざ送ってくれた。一人で平気だ、と言っても、暗いし、危ないからダメ、と押し切られてしまった。結局、自転車を押した鹿野先生と駅からの道を歩いた。

家の前の四つ角で、ユカリは「あ、そうだ」と重大なことを思い出した。

「さっきの話ですけど、兄に会うことがあっても、内緒にしてもらえますか。兄は知らないんです」

「内緒なんだ?」

「なんか気が引けちゃって。でも時期を見て、ちゃんと自分で話そうと思うんです。だから、それまでは」

ユカリが言うと、

「わかった」

と鹿野先生は約束し、自転車にまたがって颯爽と去っていった。「母なーる大地のふとーころに〜」と、なぜか「大地讃頌《さんしょう》」を歌いながら。その声が聞こえなくなるまで待ってから、家に入った。

陽一は茶の間でこたつに入って、テレビを見ていた。夕飯はどうしたか尋ねると、ご飯を炊いてお茶漬けにして食べたとのことだった。こたつの天板には、みかんの皮が散乱している。

「お前も腹減ってんなら、ご飯残ってるし食べたら?」

我が家に戻ってきたらホッとしたからか、急に空腹を感じた。

「うん、そうする」

台所に立ってお茶漬けをつくっているユカリを、陽一は口を結んだまま、ずっと目で追っていた。

「なに？」

「お前、今日どこ行ってたの？」

「どこって……買い物って言ったよね？」

　ユカリはさっと目を逸らして言った。

「そうか」

　陽一はそれ以上なにも聞いてこようとはしなかった。疲れ切っていたユカリは、その夜は早々に部屋に引き上げた。それでもなかなか寝付くことができず、布団のなかで何度も寝返りを打った。昼間見た、床に頭をつけて何度も何度も自分に向かって詫びる母の姿が、まぶたの裏に焼き付いて消えてくれない。

　母は、この十数年、心のなかでずっと私たちにあんな風に謝りながら生きてきたのだろうか。考えると、胸が苦しくなる。

（また会いに行こうか）

　電車に乗っていたときは、もう二度と会うことなどないと強く思っていたのに、ふいにそんな気持ちになった。でもすぐに、会ったって意味なんてない、あの人は私を捨てたんだ、と思い直す。思考は堂々巡りを繰り返し、明け方になってユカリはようやく眠った。

＊

「で、どうだった？」

翌日、月曜の夕方、陽一は会社の廊下で、ケータイを握りしめながら尋ねた。電話の相手は、長谷川さんである。

「いや、特に変わったところは。ちょっと疲れてる様子だったけど。私にはなにも話してくれませんでした」

「そうか」

学校で会ったら、なにか長谷川さんに話すのではないかと期待して放課後の時間に電話したのだが、ユカリはなにも言わなかったらしい。

「私もこっちからは聞きづらくて。だってユカリが、お兄さんにウソつくってよっぽどのことだろうし。私に話したいなら、きっと自分から言ってくるだろうし」

「うん。わかった、ありがとう」

陽一は電話を切ると、はあーとため息をついた。昨夜一晩、あれこれユカリがそんな行動に出た理由を考えてみた。が、心当たりのようなものは一つも浮かばなかった。まあ、いいさ。長谷川さんが言うとおり、話したくなったら話すだろう。あいつはそういうヤツだ。ドンとかまえていよう。あいつに限って、なにか悪事を働いているなどということもあるまい。気を引き締めなおし、仕事に戻った。

だが、ユカリはまた週末になると、出かけていった。さらに翌週まで午後から出かけたときには、いよいよもって心配になった。ユカリはとってつけたような理由をつけ家を出て、夜になって帰ってくる。さすがにドンとかまえていようなどと言う気分にもなれなくなった。

様子を窺いにやってきた長谷川さんも、ユカリが今週も出かけたと聞いて、表情を曇らせた。二人で茶の間で向かい合って座り、むずかしい顔をして黙り込んだ。

「私、思ったんですけど」

と長谷川さんがおもむろに口を開いた。

「なに？」

「男関係じゃないでしょうか？」

「え？」

と陽一は事態が飲み込めず、聞き返した。

「ユカリ、好きな人がいるんですよ、きっと」

「それは……つまり、彼氏ができたってこと？」

長谷川さんは重々しくうなずいた。

「えぇー、ウソだあ。あいつにそんなもん、できるわけない」

陽一は笑い飛ばそうとしたが、

「最近、ユカリ、学校でも上の空のことが多いんです。気が付いたら、ずっと窓の外眺めちゃったりして。私がどうしたのって聞くと、なんでもない、なんてしらばっくれて見せるけど、あれはね、恋ですよ、間違いありません」

と長谷川さんは力強く断定した。

「で、でも、なんで秘密にする必要があるわけ？」

「そりゃあ、お兄さんに知られると、そうやって、わかりやすくうろたえるからでしょう。それに、あれこれ聞き出したりされるのが、嫌なんですよ。いくら仲良し兄妹でも、ユカリは女の子なんです。聞かれたくないことだって、あります。だからウソをついて、出かけて行くんです、心はルンルンで」

「心はルンルン……」

陽一はそうつぶやいてから、ここ最近の出来事を思い出し、あッと声を出した。

「なに、どうしました？」

長谷川さんがちゃぶ台から身を乗り出して尋ねてくる。

「あいつ、最近、なんか編み物してんだよね。オレが帰ってくると、あわてて背中に隠すんだけど、もろバレでさ。なんか手袋みたいなの？　あれってオレのためかなあ、とか実は思ってたんだけど」

「ああ、それは間違いなく、その男へのプレゼントですね。なんだ、お兄さんもちゃんと証拠つかんでるじゃないですか」

「マジかよ！」

と陽一は憤慨《ふんがい》した。オレのために編んでたから、必死に隠してたんじゃないのかよ。

すると長谷川さんまでが急に鼻息を荒くして、

「私ね、いま、とても怒っているんです。だってそうでしょう？　身内のお兄さんには話しづらいんだとしても、親友の私には話してくれたっていいじゃないですか。でも私は信じて待とうと思います。ユカリがいつか、自分から打ち明けてくれるまで。なぜなら、私は親友を信じているから」

そう言うと、怒りをまき散らすように、ドタドタ足を踏み鳴らして帰っていった。

部屋にぽつんと取り残された陽一は、この事実をどう受け止めたものかと、胸中複雑にしながら襖を開け、仏壇の前で正座した。鈴《りん》をチーンと鳴らし、

（おふくろ、オッチャン、ユカリにもとうとう彼氏ができたよ。信じられる？　あのおチビだったユカリにだよ？　時間の流れというのは、早いものだね）

と、遺影に向かって、心のなかでしんみりと話しかけた。それが、とんだ勘違いだとは、まったく気づいていなかった。

＊

ユカリは週末ごとに、母に会いに行った。行ったからといって、なにを話すというわけではない。そもそも、なぜ自分が会いに出かけるのか、ユカリにもよくわからない。わからないまま、駅に向かい、下り電車の座席に座っている。なんだろうなあ、これは、と自分でも思う。

駅から母の店までは一本道なので、歩いて直接店まで行った。ユカリが準備中の札のかかったドアを細く開けて顔を出すと、宙を見つめてタバコをふかしていた母は、夢から覚めたように顔を上げ、それからパッと明るい笑顔を見せる。この人も、こんな風に笑ったりするんだな、と意外だった。

「こんなに頻繁に来て、大丈夫？　お義兄さん、心配するんじゃない？」

母はいつもそれを心配していた。

「大丈夫です」

ユカリは短く答えると、

「そう……」

と母もそれ以上は聞いてこない。そうして開店時間になるまで、なんとなく一緒に過ごした。

母はユカリに料理を振る舞いたがった。いもの煮っ転がし、ひじきの煮物、ほっけの塩焼き、肉じゃが……。お店で出している料理なのだろう、当たり前だけれど、慣れ親しんだ我が家の味とはぜんぜん違う。決してまずいわけではないのだがあまり箸が進まず、食材がもったいないと思いつつも、いつも残してしまった。母はそれでもなにも言わず、皿を黙って片付けた。

気がつくと世の中は、クリスマスムード一色だった。駅前はきらびやかなイルミネーションが施され、どの店に入っても、華やかな音楽が流れている。それに対して、冬の寒さは日ごとに厳しくなっていく。人々は、心まで寒くなってしまわないよう、こんな風にクリスマスを祝いたがるのかもしれない、とふと思った。そんなことを思うのもまた、生まれてはじめてのことだった。母の店のドアにも、いつの間にかクリスマスリースが飾られていた。だけどそれは華やかさとは無縁で、どこか物哀しさを感じさせた。

当日にはまだだいぶ日があったが、ユカリは母に手編みの鍋つかみをプレゼントした。ここ何週間かかけて、ようやく仕上げた。決して母を思ってというわけではない。はじめての再会のときに、三万円もの大金をもらってしまったので、律儀な性格のユカリとしては、なにかお返しをしなければ気が済まなかったのだ。

母は、ユカリから渡された赤い毛糸の鍋つかみをぎゅうっと大事そうに抱き締め、

「一生、大切にするわ……」

と泣き出してしまった。そんな大げさなもののつもりはなかったので、ユカリはあわててしまった。

「そんな、ただの、鍋つかみですから……」

母は鍋つかみをきつく抱き締めたまま、何度も首を振った。

「ユカリがくれたものだもの。ああ、ほんとうにうれしい。どうも、ありがとう」

母は感極まった声で、

「ねえ、ユカリ」

と呼びかけた。

「なんですか?」

「……ユカリさえよかったら一緒に暮らさない？　いま、中学三年でしょう。こっちの高校、受験するのは無理？　いまはここの二階に暮らしてるけど、ユカリが来てくれるなら、ちゃんと新しく部屋、借りるから。ユカリがいてくれさえしたら、私、がんばれる気がする」

母は息せき切って言った。

「そんなの……」

ユカリは表情を凍り付かせた。

「ごめんね、そんなの勝手よね。いまさら虫がよすぎよね。あんまりうれしくてつい……。忘れてちょうだいな」

母は涙をエプロンでぬぐって、何事もなかったように振る舞った。

その日はいつもより、帰りが遅くなってしまった。冬の日暮れは早く、家に帰りついたころには表は、もう真っ暗だった。一緒に暮らそうと言った母の言葉が、いつまでも頭から離れない。母はいまだ後悔のなかにいる。そして、私を愛してくれている。それはよくわかる。だから、私は母の手を振り払うことができなくて、つい訪ねてしまう。だけど――。

もしも自分が家を出て、母と暮らすと言ったら、兄はどんな反応をするだろう。そんなのはダメだ、と言うだろうか。それとも、お前の好きにすればいい、と言うだろうか。好きにすればいい、と言われたら、どうしよう。

　母と暮らしたいというわけではない。そんなこと、選択肢として考えたこともなかった。だけど、血のつながらない兄と暮らすよりも、血のつながった母と暮らすほうが、世間一般から言えば自然なことなのではないか。少なくとも、兄はそれで私から解放される。私はいまの暮らしが好きで、兄にもそう伝えたけれど、向こうがどう思っているかは知らない。聞きたいと思うけれど、聞くのが怖い。じゃあ、お母さんと暮らせよ、と兄にホッとしたように言われてしまったら、私はどうしたらいいんだろう?

　それでも相田家の窓から白熱灯の明かりが漏れているのを目にすると、ああ、帰ってきた、と安堵の気持ちがわいてくる。白い息を吐きながら、玄関の鍵を開け、なかに入った。すぐに種田さんが迎えに来てくれて、ユカリはそのフワフワの体をそっと抱き上げると、何度も頬ずりした。

「おう、遅かったな」

　茶の間に入ると、陽一が声をかけてきた。背中を丸めて、こたつに入り、相変わらずみかんの皮を散乱させている。何度注意したところで、一向に直らない。

「おかえり」

陽一がぼそっと小さく言う。

「ただいま」

そう答えた途端、どうしようもなく胸が苦しくなった。いままでずっと胸にためこんでいたものが、突然、熱い塊となってこみあげてくる。気がついたら、ユカリは泣いていた。自分の意志とは無関係に、はらはらと涙はこぼれ、止まらなくなった。

「な、なんだ、どうした？」

陽一はすっかり取り乱し、こたつから立ち上がろうとして天板に脛《すね》をしたたか打って、苦しそうに呻いた。

「ゴメン、なんでもない」

ユカリは涙を必死に手で拭った。

「なんでもないことないだろう」

相当痛かったらしい、兄はまだ足をさすっていたが、ユカリをじっと見つめてきた。

「私さ」

「なに？」

「兄さんに話さなきゃいけないことがあるの」

ユカリは大きく息を吸って、そう言った。陽一はなにかを察したように一つうなずいた。

い。

「とりあえず、着替えてこいよ」

ユカリが二階に上がって着替えて降りてくると、甘い匂いがした。懐《なつ》かしい、優しい匂い。

「ホットミルク？」

小さかったころ、この匂いに何度も癒された。ふいに、サチコさんの笑顔を思いだす。無性に父とサチコさんに会いたくなった。

「あったまるぞ」

ユカリは、ありがとう、とカップに口をつけた。ホットミルクは記憶のなかよりもずっと甘くて、でもそれが心を落ち着かせてくれた。

「それで、あの、話の続きだけど……」

ああ、と陽一は神妙にうなずくと、

「わかってるから」

と言った。ユカリは驚いて、まだ涙の乾いていない目をしばたたかせた。そうか、兄はもう、私が母と会っていたことなど、とっくに知っていたのだ。どうやって知ったのかは謎だが、一緒に暮らしていれば、そのくらい自然とわかってしまうものなのかもしれない。

「会ってたんだろう？」

「うん」

とユカリが素直に認めると、陽一は、そうか、と小声でつぶやいた。

「ケンカでもしたのか？」

「ケンカ？　いや、ケンカってことではないけど……」

そういうことじゃなくて、とユカリが言いかけたのを陽一が手で制した。

「まあ、それは二人の問題だしな、オレも深くは聞かないよ」

でもなあ、と陽一は厳めしい顔で続けた。

「兄ちゃんはできればちゃんと話してほしかったな。お前はきっと、オレが知ったら大騒ぎするとでも思ったんだろうけど。でもな、そんな風に隠れてこそこそ会われるのは、悲しいぞ」

「そうだね、ゴメン」

返す言葉が見つからなかった。申し訳なさすぎて、顔を上げられない。まだぬくいカップを両手に持って、じいっとその中身を見つめていた。

「ほんとに、ゴメン。どうしても言いづらくて……」

「まあ、身内に知られて恥ずかしいってのもわからなくはないがなあ」

「うん……」

「お前も年頃だもんなあ」

陽一がそんなことを言う。ユカリはいまいちピンとこず、首をかしげた。が、とにかく話を続けようと、

「今日さ、一緒に暮らさないかって言われたの」

とユカリは振り絞るような声で言った。すべてお見通しだったとはいえ、陽一もさすがにそれには驚いた様子で、口をあんぐり開けた。

「マ、マジで？　あ、相手、いくつよ？」

「いくつって、三十後半？」

「そそそ、そんな年上なの？　お前、中学生だぞ、なに考えてんだよ」

陽一はなぜか、母の年齢を聞いてとてつもなく動揺していた。

「へ？　そりゃそうでしょ。だって私を生んだとき、二十代前半だったたって言ってたし」

「生んだ？　なにそれ？」

二人はこたつを挟んで、しばらく無言で見つめ合った。二人とも、ハトが豆鉄砲を食らったような顔だった。

「えっと、兄さん、なんの話ししてんの？」

「そりゃあ――お前に彼氏ができたって話だよ」

はあ？　とユカリは思わず大きな声を出した。

「なにそれ？　そんなの誰から聞いたのよ」

「長谷川さんだけど……」

「ハセっちが思いつきで言ったこと、信じちゃったの？」

陽一もそれでようやく、自分がとんでもない勘違いをしていたと気づいたようである。

「あんの野郎、適当なこと言いやがって……しかも自信たっぷりに。おふくろたちにも報告しちまったよ」

「なにしてくれてんの」

ユカリは、やれやれ、とため息をついた。一体いままでの話はなんだったんだろう。しかたなく、今度こそちゃんと説明した。

「あのね、兄さん。私は生みの母と会ってきたんだよ」

「なんだぁ、生みの母か、オレはてっきり変態のオッサンに弄《もてあそ》ばれてるのかと――ええ？」

陽一は部屋に響き渡るほどの大声で叫んで、体をのけぞらせた。

「なにそれ？　お前の母ちゃんってだって、行方知れずって話じゃなかったっけ？」

「向こうから連絡してきた」

ユカリが経緯を話すのを、陽一は口を半開きにして聞いていた。母に会いたいと言われたこと、自分たちを捨てた理由、それから一緒に住もうと突然言われたこと。家に帰るまで、母と暮らすのが一番自然なんだろうかと考えたこと、それが兄にとってもいいことなのかもしれないと思ったこと、家に帰ったら急に気が昂《たかぶ》って涙が出てしまったこと。話しながら、ユカリはまたもうっかり泣きそうになった。

「うーん」

陽一は腕を組んで、思いを巡らすようにじっと黙っていた。やがて、ぽつりと言った。

「オレたち、この先ずっと一緒に暮らせるわけじゃないよな」

「え？」

ユカリは意味がわからず問い返してしまったが、陽一の言わんとすることはなんとなく理解できた。そう、このままずっと二人で暮らすことはできない。たとえば自分が高校を卒業して就職するにしても、兄が結婚するにしても、とにかく時間は確実に流れていく。どこかの時点で、この暮らしは終わる。おそらくあと数年。そのあと、私たちは別々の道を行く。血はつながらないとはいえ、兄妹だ、たまに会うこともあるだろう。でも、そのときにはきっといまのように毎日暮らしているのとは、決定的になにかが違っている。こんな風に一緒に過ごした日々、そのなかで起きたささやかな出来事も、昔の思い出として懐かしく振り返ったり、あるいはもう、こんな日々があったことすら忘れ去ってしまっているかもしれない。

「なあ、ユカリ」

「うん」

「オレはさ、仕事を終えて駅から夜道を歩いて、この家に明かりが灯っているのを見ると、とってもホッとするんだ。玄関を開けると、夕飯の匂いがふわりと漂ってきて、種田さんが足元にじゃれついてきて、お前が台所で、おかえりって声をかけてくれる。それだけで、明日もまた生きていけるって気持ちになる。オレの言いたいこと、わかる？」

「うん、わかるよ……」

ユカリは次々とあふれてくる涙を拭いながら、うなずいた。ユカリだって同じことを感じたことが、何度もある。家に明かりが灯っているのを見て、帰ってきたんだ、と思える、ささやかで、だけれどたしかに幸せを感じる瞬間。

「お前がな、母親のところに行くっていうなら、オレに止める権利はないよ」

でももし、と陽一は言った。

「お前もオレと同じ気持ちで、オレと暮らすのがイヤでないなら、ここにいてくれないか？　いつかオレたちが別々の道をほんとうに歩む日が来るまで。だって、オレにはお前が必要だから」

ユカリはぼろぼろ泣きながら、うんうん、と何度もうなずいた。

「いるよ、兄さんといる。一緒にいたい」

絞り出すようにして言った。涙と鼻水でぐしゃぐしゃで、ちゃんと声にはならなかった。だけど、兄に届くよう祈りながら、必死に言った。

「そっか」

陽一はユカリの気持ちを受け止めるように優しく言って、深く息を吐き出した。

「お前の母ちゃんには、悪いけど」

「うん、ちゃんと話す。私がちゃんと話すから」

ユカリはティッシュで鼻をズビビとかんだ。陽一はそれを穏やかに笑って見ていたが、突然すんすんと部屋の匂いを嗅《か》ぎながら、眉をしかめた。

「なんか、臭くないか?」

言ってるそばから、種田さんが廊下をズダダダと駆け抜けていった。

「種田さんがウンコした」

とユカリは泣きながらつぶやいた。鼻がつまっていても、漂ってくるこの異臭。間違いない。

猫はなぜかウンコのあとに、やたらハイテンションになる生き物だと、種田さんを飼うようになってからユカリははじめて知った。そして、猫のウンコが異常なまでに臭いことも。

「マジかよ、フツーこの状況でウンコする？　もう少し空気読めよ」

二人は一斉に笑った。陽一は、しょうがねえなあ、とつぶやいて、猫用トイレに残された種田さんからの贈り物を片付けるために立ち上がった。

ユカリは、とても満たされた気分だった。そして、ふと思いだした。あれはまだ春のころ、種田さんがうちの庭にはじめて現れたころのことだ。ラジオで〈あなたが幸せを感じるとき〉というコーナーが流れていて、リスナーからいろんな幸せが寄せられていた。ユカリはラジオに耳を傾けながら、自分にとっての幸せとはなんだろう、と考えた。考えたけど、わからなかった。でも、考える必要なんてなかったのだ。幸せな瞬間は、いつもこの家にちゃんとあった。この日々こそが、幸せそのものなのだ。そのことに、いままでただ気づいていないだけだったのだ。手品のタネを知ったときみたいに、わかってしまえばなんてことはない。

〈いつかすべての記憶が曖昧になってしまったとしても、幸せだと感じたこの気持ちだけは忘れないでいたい〉

ユカリは心から、そう思った。

次の日曜、ユカリは母の店に出向くと、

「ごめんなさい、このあいだの話ですけど、やっぱり一緒には暮らせないです」

と謝った。私は兄とこれからも暮らしていきたい、私たちは家族だから。そう伝えた。

「いいのよいいのよ。ただ、勢いで言っちゃっただけなんだから。ユカリが一瞬でも考えてくれただけでも、うれしいわ。ゴメンね、困らせること言って」

そう言って、母もまた申し訳なさそうに謝った。

店を出ようとして、ユカリはふと足を止めた。

「またいつか、店に遊びに来てもいいですか」

母は泣きながら、何度もありがとうと言った。

「今度は兄も連れてきます。ちゃんと挨拶したいって言ってました」

店を出て振り返ると、母は入り口に立ってずっと手を振っていた。だいぶ歩いて、もう豆粒のように小さくなっても、やっぱりまだ手を振っていた。その姿は、ユカリの心にいつまでも残った。ずっと覚えていたい、そう思った。

＊

冬はさらに深まり、陽一の仕事の忙しさも大分落ち着いて、クリスマスを過ぎたあと、ようやく仕事納めになった。

年末年始も例年どおり、二人でささやかに過ごした。大晦日《おおみそか》は陽一の希望で、笑ったら尻を棒で叩かれるという意味不明なバラエティ番組を見つつ、年越しそばを食べ、元旦にはお雑煮をつくり、午後から近所の神社に初もうでに出かけた。神社では、ムサシと偶然会った。お母さんと一緒で、ユカリたちに気がつくと、ムサシは飛んできた。それから「うちの母です」とお母さんを紹介してくれた。

お母さんは、

「いつも息子がお世話になって」

と、やたら恐縮して何度もお辞儀した。まだ二十代と言っても通用しそうな若くてきれいな人で、兄は思いっきり鼻の下を伸ばしていた。その腹を、ユカリは肘で思いきり小突いた。そこから新年早々、バカバカしい兄妹ゲンカに突入し、半日ほど口をきかなかった。

そのころの一番のニュースと言えば、陽一がいつの間にか鹿野先生とデートしていたことである。といっても、二人でご飯を食べに行っただけで、ぜんぜんデートなんかじゃない、と両人とも、デートであるとは決して認めようとしなかったが。なんにせよ、一歩前進だ、とユカリはこっそり喜んだ。

やがて二月に入り、ユカリの高校受験の日を迎えた。

当日は、朝から雪がぱらついていた。ユカリは念のため、一時間早く家を出ることにした。途中、長谷川さんの家に寄って、合流してから受験会場である学校に向かう予定だった。長谷川さんはいつもは堂々としているのに、試験を前にだいぶナーバスになっていて、昨日の夜はひっきりなしに彼女からメールが届いた。そのうち、ユカリにまで緊張が移ってしまって、昨夜はあまり寝られなかった。

陽一は自分もこれから仕事に行くところだったが、わざわざ玄関まで見送りに来た。

「これ、持ってけ」

そう言って、手に持っていたなにかを差し出してきた。それは、小さな旗だ。どこの国ともわからない、水色の国旗。棒の部分はつまようじでできている。ユカリは受け取ると、それをしげしげと眺めた。

「なにこれ?」

「お守り」

「お守りなら持ってるよ、ハセっちとこのあいだ、神社でもらってきたって言ったじゃん」

「いいから。財布かポケットにでも入れておけ」

ユカリは意味がわからなかったが、時間も心配だし、とりあえずコートのポケットにつっこんだ。

「貸すだけなんだから、ちゃんと返せよ」

「だからこれ、なんなの」

「もう十年使ってる、オレのお守り」

陽一はそう言うと、いひひ、と得意そうに笑った。どうやらネタばらしをする気は、さらさらないらしい。なんなんだ、まったく。

「うっすら積もってるなあ、滑るなよ」

「滑るとか、受験生にフツー言う？」

「いやいや、道で滑らないようにって意味だよ」

「だから、滑るって何度も言わないでよ。デリカシーって言葉知らないの？」

ユカリはフンフン鼻を鳴らしながら、家を出た。陽一も出勤のため、急いで準備に戻ったようだ。

淡雪《あわゆき》の降る道を行く。自分の緊張と相まって、空気がとても張りつめているように感じられる。

傘をさして歩いていると、どうにもそれだけでは手持無沙汰だった。なんとなくポケットのなかの旗を取り出し、つまようじの先端を指でつまんで、くるくると回した。

「あッ」

人通りのない早朝の道で、ユカリは急に声を出して立ち止まった。しんとした冷たい朝の空気に、その声が響く。

（そうか、この旗って……）

そうだ、自分が兄さんとはじめて会ったときに行った洋食屋のお子様ランチについていた旗だ。小さかったユカリは、これを兄に無理やりあげたのだった。なぜかこの旗を持っていれば、兄が幸せになれると信じ込んで。

――もう十年使ってる、オレのお守り。

さっき、兄はそう言っていた。十年。そんな長いあいだ、ずっと大切に持っていてくれた……。なんだよ、ずるいよ、こんな不意打ち。

照れ屋の兄のことだ、私がもう覚えていないと思って、貸したんだろうな。それならこっちも、試験が終わったら、なんにも気づかなかった振りして返してやろう。部屋に明かりを灯し、いつものように兄の帰りを待って、それからしらんぷりで旗を返す。「で、これ、なんだったの？」なんて、とぼけながら。今夜のそのやりとりを想像して、ふふふ、と一人ほくそ笑んだ。

気がつくと、緊張で高まっていた胸の鼓動が、おさまっていた。小さな旗のお守りを大切に制服の胸ポケットに入れると、

「よしッ」

と気合を入れ、ユカリは再び歩き出した。

解説

藤田香織（書評家）

突然ですが、みなさんは「あぁひとり暮らしがしたい」と思ったことはありませんか？　実家暮らしで何をするにも家族の目が気になり、煩《わずら》わしいなー、鬱陶《うっとう》しいなー、と感じた経験は、たぶん誰にでもあるのではないでしょうか。親の都合やルールに従《したが》うのではなく、自分の好きな時間に起きて、好きなものを食べて、好きなことをして、好きな家具を揃《そろ》えた好きな温度の部屋で誰にも気を使わずに暮らしたい。そう思うのは、何も「子ども」だけではありません。

個人的な話になりますが、私は二十七歳で結婚したとき、わずか一週間で「もうヤダ！　ひとりで暮らしたい！」と思いました。結婚した相手が、横暴だったり無理難題を押し付けてきたわけではなく、こうしろ、ああしろと命じられたわけでもなく、何かを禁止されたり（例えばお風呂で本を読むなとか）咎《とが》められたり（掃除が雑だとか）したのでもありません。ただただ、「他人と暮らす」小さなストレスが毎日チクチク積み重なり、それを上手く解消することができなかったのです。

　なぜ、食べ終えた食器をシンクまで運ぼうとしないのか。なぜ、お茶もコーヒーも私が淹《い》れるのを待っているのか。なぜ、相手が着ていくYシャツに私がアイロンをかけるのか。なぜ、クリーニングに出すと悲しそうな顔をするのか。なぜ、私のほうが遅い時間に帰宅すると食事もせずにいるのか。なぜ、私が料理を作っている間、テレビを見ているのか。今思うと呆《あき》れるほど些細《ささい》なことばかりですが、日々「なぜ」が山のようにあり、いちいち「どうして？」と訊《き》くのも、「こうして」と言うのも煩わしく、ムムムムム……と押し黙るばかりで、結果、一年も経《た》たずに別居し、離婚してしまいました。

　先に「他人と暮らす」ストレス、と書きましたが、結婚相手は自分が決めて「家族」になった人です。育った環境が違い、自分ルールもできあがった年齢になってから一緒に暮らし始めたのですから、理解できない習慣があってあたりまえ。何を考えているのか。何を欲しているのか。何が心地よくて何が不快なのか。「言わなくてもわかって欲しい」「察して欲しい」なんて甘えでしかなかったのです。家族になったのだから、あるいは家族なんだから、言い難いことは口に出さなくても伝わるだなんて、あり得ない。

　本書『きみと暮らせば』は、そうした誰かとひとつ屋根の下で暮らす日々のなかで、ついい見過ごし、気にとめなくなってしまうような「一緒に生きていく」ための大切なことがぎゅっと詰まった物語です。

主人公である、相田陽一とユカリは、十一歳年の離れた兄妹《きょうだい》で、古い家屋が並ぶ閑静な住宅街に建つ、両親が中古で購入した築五十年になる一軒家にふたりだけで暮らしています。地元の医療品メーカーに勤める二十五歳の兄、陽一は、ひょろりと背が高く、休日は決まって家にいて、ひと晩寝ると大抵のことは忘れてしまうぼんやり者。対して一切の家事を担う中学三年生の妹、ユカリは、兄とは正反対のしっかり者。中学生にしては長身で小顔。線も細いうえに手足が長く、隣に住む増井さんの奥さんからは「お人形さんみたい」といわれるほどイケてる容姿です。

細身で背の高い外見は似ているけれど、性格はまったく違うふたりは、十年ほど前、陽一の母とユカリの父が再婚し家族になりました。ところが、今から五年前、雪の日の車の自損事故で父と母が他界。高校卒業と同時に進学のため実家を離れ、東京でひとり暮らしをしていた陽一は、まだ小学生だったユカリと暮らすために大学を中退し、交際していた恋人とも別れて、地元の企業に就職しました。ユカリいわく、〈兄が外に働きに出て、自分が家事をする。そういうルールのもとで、いま、自分たちは生きている〉わけですが、描かれていく、ささやかであたたかな相田家の日常の軸には、陽一とユカリに血の繋がりがない、という重い事実があるのです。

六話からなる物語は、春夏秋冬、相田家の約一年間が綴《つづ》られていきます。

陽一とユカリがふたりで暮らすようになった事情と現状を明かし、不揃いなハチワレで牛のような白黒模様の、〈ちょっと間が抜けてるっぽい〉フクフクでムクムクとした「種田さん」が相田家の一員になるまでを追った「猫と兄妹」。ユカリが作っているお弁当を、陽一の後輩である浦上くんが「愛妻」ならぬ「愛妹《あいまい》」弁当だと名付けたことからタイトルに繋がっていく「あいまい弁当」。陽一の母、サチコが使っていた雨傘を、薬局の屋根の下で雨宿りをしていた少年にユカリが躊躇《ためら》いなく持たせ、「腐れ縁」コンビの小学生ムサシ&マリエと親しくなる「空色の傘」。

同じ中学の男子生徒からユカリが告白されるという衝撃の出来事に始まり、相田家のはす向いに住む宇佐美のおじいさんが入院し、退院するまでの間、ユカリが畑の世話を引き受けるひと夏を描く「夏のきらめき」。ユカリの副担任である鹿野先生が、陽一の中学時代の同級生だと分かり、三者面談で再会。両親の法事や同窓会、挙句は鹿野先生が相田家に泊まることにもなって、陽一にとって浮き沈みの激しい晩秋となった「ポトフにご飯」。そして最終話は、相田家に無言電話が頻繁にかかってくるようになったことに端を発し、陽一とユカリが其々《それぞれ》に自分と家族を見つめ直す「きみと暮らせば」。

人語を話すわけでもないけれど、「種田さん」は、どこか達観した落ち着きがあって、兄妹の守り神のようでもあるし、陽一が教育係をしていた浦上くんも、「ミラクル」が起きてユカリが急速に仲良くなった長谷川さんも、外見どおりに、あるいは外見に反して、いい塩梅《あんばい》の鋭《するど》さとヌケ感があり、登場人物（種田さんは猫だけど！）としての魅力があります。

一度はマリエに背中を押されるように傘を失《な》くしたと謝りに来たムサシが、翌週、今度はひとりで相田家を訪れ真実を話す場面の〈ボク、ヒキョウ者なんです〉というつぶやき。他の生徒たちから、もう少しおしゃれしなよと突っ込まれ、見ていて悲しくなるとまで言われている鹿野先生について、〈鹿野先生をみすぼらしいとか悲しいとか思ったことは、一度もない。決して美人とは言えない。でも、内面からにじみ出る美しさがある／何気ない仕草や表情から、肩肘張らずに生きてる感じが伝わってくるのだ。それに、教師という仕事をほんとうに好きでやっているのが、授業の取り組み方からもよくわかる〉というユカリの考察。その鹿野先生が中学時代、林先生に教えてもらい感銘を受けた『花を見て根を思う人になれ』という言葉を、同級生だった陽一は全然覚えていなかったのも「らしい」し、そこから〈一緒の教室にいても、刻まれる記憶はまったく違うものだ、とあらためて知った。そうか、自分がぼけっと窓の外を呆けて見ているとき、彼女はそんなことを思っていたのか。花を見て根を思う人になれ。いい言葉じゃないか。ちゃんと授業、聞いておくんだった。いまさらだけど、陽一はその言葉を心に刻んだ〉と思い至るのもまた彼らしくていい。

何気ないように描かれていますが、宇佐美のおじいさんにひ孫が生まれ、いつでも、すぐに見られるようにと、ユカリが写真を待ち受け画面に設定してあげる場面も胸に残ります。〈おじいさんはそれだけで顔をくしゃくしゃにして、「おお、開くと孫たちがいるよぉ」とケータイを閉じたり開いたりを繰り返した。おじいさんがうれしそうだと、自分まで幸せのおすそ分けをしてもらった気持ちになる。「これ見てっと、なんかなぁ、涙が出てきちまうわぁ」おじいさんはケータイを何度も開いては言った。深い皺が刻まれたおじいさんの目じりから、涙がつつっとこぼれた〉。ここから、ユカリが無言電話の相手に確信を深めるきっかけとなった、実はとても重要な場面でもあるのです。

本当のことをいえば、初めて本書を読んだとき、私は物語の途中まで、陽一とユカリのふたり暮らしに今一つ不自然さを拭いきれませんでした。高校を卒業と同時に、つまり十八歳で実家を出ていた陽一が、両親と共にユカリと暮らしていたのはたかだか二年ほど。ユカリが小学生になるかならないかという年までだった計算になります。両親が亡くなったとき陽一は二十歳でユカリは九歳。たった二年一緒に住んでいただけの、血の繋がらない小学四年生の女の子を、大学を辞めてまで面倒をみるなんて「普通じゃない」と思ったのです。

でも、だけど。読み進めていくうちに、確かに「普通じゃない」かもしれないけれど、それがどうした、いや普通ってなんだ？　これは普通じゃなければ異常？　いやいやいやいや、そんなことないし、むしろ「普通じゃない」なんて安易に思う自分のほうが、もはやガラパゴス脳なのでは……と気づき始めたのでした。

陽一がなぜユカリと暮らすことを決めたのか。その理由を彼は「ポトフとご飯」で「シカちゃん」に明かしています。それはある意味、都合よくユカリを利用したともいえる自分勝手な理由でもありますが、これは人が誰かと暮らす、いちばんよくある、実は普通の理由でもあるように思うのです。

自分のためだけに生きるのは、自由で楽ではあるけれど、再び独身となって四半世紀が経った今、私は正直に言ってひとり暮らしに飽きた、という気持ちがあります。誰かのために生きる、誰かと一緒に生きることは、不自由で気が重いこともあるけれど、気持ちに張りが出るし甲斐もある。

もしもユカリが美智子おばさんの家に引き取られていたら、ポトフに合わせるのはご飯よりバゲットだと教えてもらえたかもしれないけれど、きりぼし大根や豚のひき肉入りの卵焼き、ひじきの煮物や大学芋といった料理を作ることはなかったでしょう。

振り返ってみれば、作者である八木沢里志さんの、第三回ちよだ文学賞の大賞を受賞したデビュー作『森崎書店の日々』（小学館文庫）も、「ひとり」と「ふたり」で生きることに焦点をあてた物語でした。この続編となる「桃子さんの帰還」（『森崎書店の日々』所収）のなかで、神田にある古書店の常連客で、教育出版社に勤務する和田が、ワケあってその店で短期間働いていた主人公の貴子に、本に詳しいかどうかなんて関係ない、と話す場面があります。「（前略）それよりも一冊の本と出会って、それでどれだけ心を動かされるかってことが大事なんじゃないでしょうか」。本当に、そのとおりだと思います。

今、誰かと一緒に暮らしている人は、自分にとっての「きみ」の存在や距離感を改めて見つめ直すきっかけになる。ひとり暮らしをしている人は、いつか誰かと一緒に住むのも悪くないと思えてくる。超能力者ではない私たちには、テレパシーは使えません。陽一とユカリのように、話してぶつかって離れて寄り添って心地よい距離を見つけて「生き」ましょう。

二〇二三年　四月

この作品は2015年12月刊行の『きみと暮らせば』（徳間文庫）の新装版です。
なお、本作品はフィクションであり実在の個人・団体などとは一切関係がありません。

徳間文庫

きみと暮《く》らせば

〈新装版〉

2023年5月15日 初刷

著者 八《や》木《ぎ》沢《さわ》里《さと》志《し》

発行者 小宮英行

発行所 株式会社 徳間書店

東京都品川区上大崎三−一−一
目黒セントラルスクエア 〒141−8202

電話 編集〇三(五四〇三)四三四九
販売〇四九(二九三)五五二一

振替 〇〇一四〇−〇−四四三九二

印刷
製本 大日本印刷株式会社

ISBN978-4-19-894854-2 (乱丁、落丁本はお取りかえいたします)